あなたが気づくまで

アマンダ・ブラウニング 作

ハーレクイン・プレゼンツ 作家シリーズ 別冊
東京・ロンドン・トロント・パリ・ニューヨーク・アムステルダム
ハンブルク・ストックホルム・ミラノ・シドニー・マドリッド・ワルシャワ
ブダペスト・リオデジャネイロ・ルクセンブルク・フリブール・ムンバイ

A HUSBAND FOR THE TAKING

by Amanda Browning

Published by Harlequin Japan,
a Division of K.K. HarperCollins Japan, 2024

アマンダ・ブラウニング

イングランドのエセックス州に生まれ、今もそこに住む。本で読むような、波瀾万丈の人生を 2 人の兄や双子の妹とともに生きてきた。本が大好きで図書館に職を得たが、やがて独身の身軽さで作家として身を立てる決意ができたと語る。

1

ナターシャ・ラーソンはスイングドアを通り抜け、レインコートをはためかせて救急病棟の受付へと大股に歩いていった。服が濡《ぬ》れているのはタクシーがデンバーの渋滞に引っかかり、数ブロック手前で降りて歩いてきたからだ。

「妹がこちらに運びこまれたそうなんですけど。名前はラーソンといいます」法廷でつちかった冷静な態度の裏に不安を押し隠し、クールな口調で言った。

「ミス・ラーソンなら六階の集中治療室ですよ」受付係は答えた。

集中治療室？　ああ、どうしよう！　まさかそれほど深刻だとは……。ナターシャは恐ろしい予感をしゃにむに払いのけ、エレベーターで六階に上がった。ずらりと並んだ部屋の中をのぞきながら廊下を進み、見慣れた姿を見つけると急いで中に入った。

妹はベッドで動かなくなっているどころか、狭い待合室の中を行ったり来たりしていた。

「集中治療室にいると聞かされたものだから、てっきり重傷なんだと思ったわ」ナターシャはかたい声で言った。

「がっかりした？」嘲《あざけ》りのこもった妹の目は、ナターシャの目とそっくり同じ色をしている。

実際、ナターリヤとナターシャは何から何までそっくりだった。ともに二十七歳の一卵性双生児なのだ。紫に近い、深いブルーの目。華奢《きゃしゃ》な骨格。陶器のようなきめ細かな肌。その肌を際立たせるつややかな黒髪。二人とも整った顔だちに、長身のほっそりとした女らしい体つきをしている。

目につく違いと言えば、ナターシャのほう――略してターシャ——が髪型を内巻きのボブスタイルにしている点だ。もっと大きな違いは外見には表れていない。だが、その違いのせいで、姉妹はずいぶん前から別々の道を歩むようになっていた。

ナターリャは優秀な医療助手だが、頭脳よりも美《び》貌《ぼう》を武器にしてほしいものを手に入れている。男は女とは異なる器官でものを考えるのだから、そのことを利用しなくては損だというのが彼女の考えだった。

それに対し、ターシャは自分の美貌を弁護士という職業に不利な要素としてとらえていた。ただきれいなだけの女でないことを世間に納得してもらうためには、人の倍働かなければならないのだ。

二人はもうめったに会わなくなっていたが——ナターリャのほうが会いたがらないせいだ——ターシャはいまでも妹のことを気にかけている。なにしろたったひとりの家族なのだ。

「あなた、元気そうだわ」ターシャはそっけなく言った。

「元気ですって？」ナターリャは金切り声をあげた。「これを見てよ。きっと痕《あと》が残ってしまうわ！」と、左頬の小さなかすり傷を指さす。すでに消毒がすんでおり、どう見ても縫う必要はなさそうだ。

ターシャは妹の言葉を無視して尋ねた。「いったい何があったの？　警察は交通事故としか言ってくれなかったのよ」たったひとりの身内を失ってしまうかもしれないと思ったときの、胸の悪くなるような感覚がよみがえってくる。赤ん坊のときから親はおらず、身寄りと言えばこの妹だけだ。だからこそすっかり細くなった絆《きずな》をいまでも大事に守ろうとしているのだ。

禁煙の表示にも構わず、ナターリャはたばこに火をつけて煙を吐いた。「たいへんな事故だったわ。死ぬかと思ったわよ。わたしたちがレストランを出たとたん、車が歩道に乗りあげて突っこんできたの。とっさにチェイスがわたしを突きとばしてくれたけど、当人は轢《ひ》かれてしまったわ。わたしは壁にぶつかって、このありさまよ」と、また傷を指さす。

妹の自己中心的な言い草にいちいち腹を立てていたら話は聞きだせない。「チェイス？」とターシャはききかえした。

ナターリャは吐きだした煙を目で追った。「チェイス・コールダーよ」

ターシャは思わず声をあげた。「弁護士のチェイス・コールダー？」ナターリャがうなずいたので、目をまるくする。法曹界にチェイス・コールダーの名を知らぬ者はいない。その名はアメリカじゅうに鳴り響いている。三十四歳にしてすでに伝説となっている傑物なのだ。

「いったいどういういきさつで知りあったの？」

「わたしが利用しているヘルスクラブに彼がふらりとやってきたのよ。彼、仕事でこっちに来ていたの。いちおう知らせておくけど、わたしたち、今夜結婚の約束をしたわ」ナターリャは無造作に言った。

結婚？　ターシャは仰天したという表現でもまだ足りないほど驚いた。チェイス・コールダーがデンバーに来ていることさえ知らなかったのに、妹が彼と婚約したというのだ。婚約。まさかそんなことになるとは想像もしていなかった。男性を利用するばかりのナターリャが恋に落ちるなんて考えたこともなかった。しかも、その奇跡をもたらしたのがチェイス・コールダーだなんて。

ターシャはナターリャの内心の不安を思って、顔をじっと見つめた。きっと心配でたまらないはずだ。これで彼女の態度が冷淡なのもうなずける。過大なストレスに見舞われると人はさまざまな反応を示すものだ。ナターリャは無関心という仮面の下に不安を隠しているに違いない。

ターシャは優しく問いかけた。「彼、どんな具合なの?」

ナターリャはたばこをもみ消し、コートをつかんだ。「ついてきて。自分の目で見るといいわ」

チェイス・コールダーは隣の部屋に寝かされていた。たくさんのモニターに囲まれ、黒っぽい髪と真っ青な顔しか見えない。考えてみたらターシャはいままで彼の写真さえ見たことがなかったから、どういう外見をしているのかまるで知らなかった。

「彼の家族にはもう連絡がいっているの?」気づかわしげに尋ねる。

「さあね。こっちはそれどころじゃなかったわ。彼も手術室から戻されたばかりだし」ナターリャはそこで身震いした。「生きるか死ぬかの瀬戸際なんですって。もし助かるとしても、体に障害の残る可能性が高いって」

ターシャは愕然《がくぜん》として妹の手を握った。「あなたもこれからたいへんね」同情をこめて言いつつも、言葉が足りないようなもどかしさを感じる。

ナターリャはターシャの手をふりほどいた。「心配ご無用よ。もう彼とは別れるから」

ターシャはぎょっとした。妹の苦悩と見えたものが、不意に跡形もなく消え去っていく。恋をしている女がこんなに冷酷になれるはずはない。「別れるって、どういうこと?」

「まったく運が悪いったらないわ。やっとルックスにも経済力にも恵まれた男をつかまえたと思ったのに、彼ったらこんな大怪我《おおけが》をするんだもの」ナターリャは苦々しげな笑い声をあげた。

その声は重体の男が寝ている病室でひどく場違いに聞こえ、ターシャは茫然《ぼうぜん》として双子の妹を見つめた。「彼を愛してるんじゃなかったの?」

「愛? よしてよ、ターシャ。愛だなんてばかばかしい。わたしがほしいのはお金と地位、それに好きなところに連れていってくれる男なのよ。障害者に一生縛られるなんてまっぴらだわ」

ターシャの中でいままで抑えてきた怒りが波となって渦巻いた。「彼はあなたの命を助けてくれたのよ。いま彼を捨てることはできないはずだわ」

ナターリャはきれいな眉を上げてみせた。「できないと思う？　ま、見ててごらんなさいよ」

「彼にはあなたが必要なのよ、ナット」ターシャは憤りをこめてひややかに言った。

「でも、わたしに彼は必要ないわ」ナターリャは薬指に輝く婚約指輪をはずし、ベッドに放《ほう》った。「あーあ、とんだ無駄骨だったわ！」

これがほんとうに自分と血のつながった妹だろうかと、ターシャは信じられない思いがした。「よくそんなことが言えるわね！　いままであなたのやることをなるべく善意に解釈してきたけれど、今度という今度は許せないわ！」

ナターリャはずいと近づいてきて、ターシャの胸に指を突きたてた。「許してくれなくて結構よ、この偽善者。そんなに彼が心配なら、自分が付き添ってやればいいんだわ。わたしはもう行くから。男はほかにいくらでもいるんだもの。今度はロスにでも行ってみるわ」

ターシャは妹がふりかえりもせずに出ていくのを情けない気持で見送った。いくらナターリャでもここまで計算高いとは思わなかった。自分だったら絶対にこんな仕打ちはできない。ナターリャのしたことはどこから見ても間違っている。

ターシャはベッドに近づいていき、ぴくりとも動かぬ男を見下ろした。そのとたん目が離せなくなって、胸がきゅっとしめつけられた。ハンサムな顔にあざや傷をたくさん作って寝ている姿はひどく無防備で、ターシャの心をわしづかみにする。急に息苦しくなって、唾《つば》をのみこむことさえ難しい。

そんな自分に驚いて、ターシャはなんとか合理的な説明をつけようとした。これは反射的なものだ、と自分に言い聞かせる。ナットは感謝していなくてもわたしは彼に感謝しているし、こんな重傷を負わせてしまったことを申し訳なく思っている。目が離せないのは単なる好奇心のせいだ。

これがあのチェイス・コールダー。意識不明の状態でも、顔に意志の力がみなぎっている。ハンサムなのに、弱さがまったく感じられない。目はどんな色をしているのだろう。こんなにまつげの長い男性は初めてだ。セクシーな唇は隠れた情熱をうかがわせる。でも、その情熱が女性を燃えあがらせることはもう二度とないのかもしれない。

、そう思うとなぜか胸がきりきりと痛み、膝から力が抜けていった。ターシャは動揺し、椅子を探してあたりを見まわしたが、彼女の目をとらえたのは放りだされたままになっている指輪の輝きだった。手に取ってみると、ダイヤに囲まれたセイロン・サファイアが息をのむほど美しい。これだけでひと財産吹っとぶに違いない逸品だが、ナターリャはそれを取るに足らないもののように放りだしていったのだ。チェイス・コールダーを放りだしたように。まったくばかなナット！

ターシャはバッグに指輪をしまおうとして、手ぶらで飛びだしてきたことを思い出した。鍵《かぎ》とお金だけポケットに突っこんできたのだ。こんな高価な指輪をポケットに入れるわけにもいかず、仕方なく指にはめることにしたが、試してみるとサイズがぴったり合うのは薬指だけだった。夢見がちなタイプだったらその事実になんらかの意味を読みとったかもしれないが、冷静さを身上としてきたターシャは単なる偶然と片づけた。

そのとき看護師が入ってきたので、彼女は邪魔にならないよう後ろにさがった。看護師の仕事を見守ることしかできない自分の無力さがせつなかった。こんな気持は生まれて初めてだ。むろん彼が身を挺《てい》して妹の命を救ってくれたことを考えれば当然の感情なのだろうが。

じっとしていられなくて、レインコートを脱ぐと椅子に引っかけ、濡れてもつれた髪を指ですいた。少なくとも法廷で着ていた黒のスーツは濡れていない。そのスーツの皺《しわ》を撫《な》でつけ、看護師が仕事を終えるまで室内をうろうろと歩きまわった。

「あの、ミスター・コールダーのご家族にはもう連絡してあるんでしょうか？」ようやく手のあいた看護師に問いかける。

若い看護師はうなずいた。「ええ、わたしが連絡しました。もうこちらに向かっているでしょう」

これでターシャは少しほっとした。「ミスター・コールダーの具合について、どなたかに話をうかがいたいんですけど」

看護師は心得顔でほほえんだ。「いまクーパー先生を呼んできますわ」

それから十五分ほど、ターシャは部屋の中を行ったり来たりしながら医者を待った。こんなに落ち着かないのは、初めて手がけた裁判で陪審団が入廷してくるのを待っていたとき以来だ。白衣の中年女性が入ってきたときには、気を引きしめようと深く息を吸いこんだ。

クーパー医師はターシャと短い握手をかわして言った。「ミスター・コールダーの容体は安定しましたから、ご安心ください。幸い脊椎《せきつい》に損傷はありませんでした。それが一番心配だったんですよ」

「それじゃ、また歩けるようになるんですね？」

「ええ、必ず」

ターシャは安堵《あんど》のあまり頭がふらつくのを感じた。

「ああよかった！　神さま、ありがとう！」

「外科医にも感謝しなくちゃね」とクーパー医師は

笑った。「いつ退院できるかについてはまだなんとも言えないけれど、あなたが付き添ってあげるのが一番の薬でしょう」

その言葉にターシャははっとした。医師はわたしをチェイス・コールダーの婚約者だと思っているのだ！ ただちに誤解を解こうとして、ターシャはふと考えこんだ。チェイス本人に説明するだけでもつらいのだから、ほかの人にまで身内の恥をさらしたくはない。それに、病院内の噂《うわさ》になってから初めて彼が知るのではあまりにむごすぎる。まずは当のチェイスに話すべきだ。いまは医師の誤解をそのままそっとしておくのが賢明というものだろう。

「彼に必要とされているかぎり、そばを離れませんわ」ターシャはそう言いきった。彼の回復を助けるためならなんでもするつもりだった。誰かが償いをしなければならないのだ。婚約者のために身を投げだした男性が放っておかれていいはずはない。

クーパー医師はチェイスに目をやった。「でも、まだ数時間は目を覚まさないでしょうから、いったん帰ってお休みになったらいかが？」

ターシャも彼を見ながら首をふった。疲れてはいても、まだ帰る気にはなれない。「彼の身内のかたがこっちに向かっているそうですから、ここで待っています」

医師が出ていくと、ターシャはベッドに椅子を近づけて腰かけた。日焼けした手が片方、上掛けの上に出ている。指の長い、なんでもできそうな手だ。

ターシャは考えもせずにその手に触れた。あたたかい。指がごく自然に彼の指にからみつく。少しでも慰めてあげたいと思ったのだが、気がつくと逆に自分のほうが慰められている。不思議なくらい緊張が解けてきて、ターシャは吐息をもらした。

静寂が二人を包みこみ、モニターの低いうなりだけが絶え間なく続いた。たまっていた疲労がじわじわとうきあがってくる。今日はめまぐるしい一日だった。法廷で激しくやりあった末にこの騒ぎだ。いままで自分をささえていた気力が少しずつ抜けていき、けだるさが全身に広がりはじめる。ターシャのまぶたはやがてゆっくりと下がってきた。

「ナ、ナターシャ？」

苦しげな声がターシャを眠りから引きあげた。一瞬ここがどこだかわからなくて、焦点の合わない目で周囲を見まわす。記憶はすぐによみがえってきた。いま何時なのかわからないが、ここは病院で、チェイス・コールダーが目を覚ましたのだ。

「ナターシャ？」今度の口調はさっきよりも切迫している。

ナターリャが、またわたしの名をかたったのだわ。そう思いながらターシャは立ちあがった。ナターリャは以前から自分の名前よりも姉の名を気に入っていた。別々に暮らすようになってからはずっとナターシャと名乗っているのだろう。

チェイスを安心させようとして、ターシャはベッドにかがみこんだ。その瞬間はっとするようなシルバーグレーの目を見て、いきなりその底知れない深みに引きずりこまれたような気がした。心臓が大きくはねあがり、思わず息をあえがせる。体の中を通っている軸がぐらりと傾いたかのようだ。思考が停止し、かわりに感覚だけが過剰に働きだしたみたい。全身の神経が目を覚まして息づきはじめている。電気に触れてスイッチが入ったかのように。

「ナターシャ？」

彼が三たびターシャの名を呼んだ。今度は心配そうな声だ。ターシャはぼんやりと彼を見つめた。口の中がかわき、胸がどきどきしている。チェイスの目ににじんだ苦痛の色を見て、なんとか気を落ち着かせた。「ここにいるわ」かすれ声で答え、彼の手をそっと握りしめる。

チェイス・コールダーは苦しげに浅く呼吸しながら言った。「きみは……大丈夫だったのかい？」

ナターリャの身を心配しているのだろうが、事情はあとで話せばいい。自分が彼の思っている女とは別人だということ、そしてナターリャが彼の思っているような女でないことも。いまは安心させてあげるのが先決だ。「わたしは大丈夫よ。もうしゃべらないで、チェイス。怪我をしてるんだから」

チェイスは頭をもたげようとして、痛そうにうめき声をあげた。「どの程度の怪我を？」

ターシャはあいているほうの手で彼の額の髪をかきあげた。そのなめらかな手ざわりに胸が妙にどぎまぎした。「手術が必要だったわ。詳しいことはわからないけれど、体はちゃんと元どおりになるそうよ」

するとチェイスのまつげが揺れ、そっと閉じられた。ターシャはため息をついてそばを離れようとしたが、彼に強く手を握りしめられ、思わず声をあげそうになった。

彼は薄目を開けてターシャを見ていた。「そばにいてくれ」なんとか目をつぶるまいとしているものの、すぐにこらえきれなくなり、再び意識が遠のいていった。

「そばにいるわ」彼の指から力が抜けていくのを感じながらターシャは言った。「ずっとそばにいるわ」彼にはもう聞こえないだろうが、そう繰りかえす。

再び訪れた静けさの中で、ターシャはいまの出来事を思いかえし、胸を震わせた。あれはいったいなんだったのだろう。彼を安心させてあげるだけのつもりが、突然……信じられないような感覚に襲われた。あんな経験は初めてだ。チェイス・コールダーの目をのぞきこんだだけで、体じゅうに彼がしみわたってきたかのようだった。眠っていた感覚が彼によって目覚めさせられたような、世界が一瞬にして引っくりかえってしまったかのような、実に強烈な体験だった。あれはいったいなんだったの？

チェイスに目をやると、無意識に手が出て彼の頬をそっと撫でた。その瞬間ターシャはぎくりとした。まさか！　そんなはずはないわ！　彼に恋をしてしまったなんて……ありえないでしょう？

火に触れたかのようにターシャはぱっと手を引っこめた。ありえないわ、絶対に！　わたしは冷静で理性的な人間なのだ。これが恋のはずはない。でも、恋でないならなんなの、と頭の中で小さな声がターシャを嘲る。なんなのかはわからないけれど、あの目を見ただけでなぜ生まれたときから彼を知っているような気持になったのか、その理由はちゃんと説明がつくはずだ。彼がわたしの半分だなんて、そんなことは断じてありえない！

ターシャは震えがちな吐息をつき、髪を手でくしけずった。しっかりしなくては。今日はショッキングな一日だったから、神経が過敏になっているだけだ。ひと晩眠ればまた客観的な視点を取りもどせるだろう。

そう自分に言い聞かせながらベッドから離れ、窓辺に行って外の闇《やみ》を見つめた。

それからどのくらい時間がたったのかわからないが、ターシャは足音を耳にしてふりかえった。心配そうに青ざめたひと組のカップルが入ってきた。年は六十代、男性のほうはベッドに横たわっている男とよく似ている。

「チェイスのご両親ですね」ターシャはにこやかに近づいていった。

女性のほうがかたい笑みを返してきた。「わたしはエレイン・コールダー、こちらは主人のジョンよ。あなたはナターシャね？　話はチェイスから聞いています。こんな形でお会いするなんて残念だわ」声をつまらせ、息子のほうに視線を投げかける。

「どうぞ心配なさらないで。ずいぶん悪いように見えるでしょうけど、お医者さまは大丈夫だとおっしゃってますから」ターシャは、いまは誤解を解くよりも安心させてあげるべきだと考え、急いで言った。

「お医者さまの話をお聞きになりたいでしょう?」

「ああ、ぜひ」とジョン・コールダーが言った。が、彼はドアに向かったターシャを引きとめ、咳《せき》ばらいして言葉をついだ。「息子は事故にあったそうですが、そのときあなたもいっしょだったんですか?」

またターシャはありがたくない選択を迫られた。妹をかばうつもりはないが、ナターリャが逃げてしまったことをチェイスより先にほかの人に知らせるのは悪いような気がする。たとえ相手が彼の両親であってもだ。チェイスには誰よりも先に知る権利がある。彼が真実を受けとめられるぐらいに回復したら、すべてを正直に打ちあけよう。そのあと彼がどうするかは彼自身が決めることだ。それまではわたしがナターリャの身代わりを務めよう。

「ええ。彼がわたしをかばってくれたんです」ターシャはそう答え、ナターリャから聞いた事故の模様を口早に伝えた。

「まあ、恐ろしい! あなたは大丈夫だったの?」エレイン・コールダーが気づかわしげに尋ね、ターシャは頬に血がのぼるのを感じた。

「ええ、大丈夫です。かすり傷ひとつ負いませんでした」嘘《うそ》をつくのは昔から苦手だった。ナターリャのほうはいまや金メダル級の嘘つきになっているけれども。

「よかったわ! でも、ショックだったでしょうね、ナターシャ」

「ターシャと呼んでください。ナターシャを略してターシャなんです」ターシャはエレイン・コールダーの質問をかわすようにして言った。

エレインはにっこりした。「すてきな響きね、ターシャって。とにかくあなたに怪我がなくてよかったわ。あなたを失ったら、チェイスはどれほど打ちのめされたか知れません」

ターシャもそれが心配だった。ナターリャが去っていったのを知ったら、チェイスはどんなに傷つくだろう。怪我人に追い討ちをかけるようなまねをするのは忍びない。せめて彼が元気になるまで待つ以外になかった。でも、もし彼がほんとうにナターリャを愛していたのなら、いつ知らされようとも受ける衝撃の大きさに変わりはないだろう。

そのときの彼の苦悩を思うと、ターシャは自分でも驚くほど胸が痛んだ。その瞬間本気で妹を憎いと感じた。ナターリャは自分が一番必要とされているときに、チェイスの愛を踏みにじっていったのだ。

心の中で怒りを燃やしながら、ターシャはエレインに向き直った。「あの、わたしは決してチェイスに怪我をさせるつもりはなかったんです」

エレインはターシャの手を両手で握った。「わかってますよ、ターシャ」

ターシャはほっと息をついた。「それではお二人はチェイスに付いててあげてください。わたしがクーパー先生を探してきますから」

クーパー医師はコールダー夫妻を自分の部屋に連れていって、詳しい説明をした。そのあいだターシャはチェイスに付き添っていたが、コールダー夫妻が戻ってくると彼らにすすめられてその晩は帰宅することにした。帰りたくないのは罪悪感のせいだと自分に言い訳しながら。

三十分後にアパートメントに着くと、シャワーを浴び、ネグリジェに着がえてベッドに倒れこんだ。もうくたくただった。眠りに落ちるときに頭を占めていたのはシルバーグレーの目をした男の面影だった。彼に見つめられたときにはあの目に魂を射抜かれたような気がしたが、いまもその目が夢に現れ、ターシャの心を悲しみで満たした。

明くる朝目を覚ますと、外はきれいに晴れていた。よく寝たような、それでいてどこか寝足りないような気がする。おぼろな夢の記憶があるけれど、ああいうことがあったあとではチェイス・コールダーの夢を見ないほうが不思議なくらいだろう。

シャワーを浴び、白い絹のブラウスにお気に入りのテーラードスーツを着て、トーストとコーヒーの朝食をとる。そのあと勤め先の法律事務所に電話し、親しくしている受付係のアニーに今日は遅刻すると告げた。幸い次に裁判所に行くのは一週間先であり、スケジュールは容易に調整がつけられた。

バッグとブリーフケースを持って玄関を出てから、ベッドサイド・テーブルに置いてきた指輪のことを思い出した。急いで取りに行き、バッグにしまおうとしてふと考えこんだ。病院の誰もがわたしをチェイス・コールダーのフィアンセだと信じているのだから、指輪をしていかなかったら変に思われるだろう。ターシャはなんとも居心地の悪い気分で指輪をはめた。この指輪はできるだけ早く返そうと思いながらバス停に急ぐ。ふだんは車で通勤しているのだが、いまは車検に出してあるので、戻ってくるまで公共の交通機関に頼らねばならなかった。

病院に着いて六階でエレベーターを降りると、エレイン・コールダーがチェイスの部屋の前を行きつ戻りつしていた。ターシャはぎょっとして近づいていった。エレインも彼女に気づいて駆けよってくる。

「来てくれてよかったわ、ターシャ！　お宅に電話したんだけど、もう出たあとだったのね」

その瞬間ターシャの心臓が鉛のように重く沈みこんだ。「どうしたんです？　何かあったんですか？」

まさかチェイスが死ぬはずはない！　だが想像もつかなかったほどの激しい恐怖にとらわれ、全身の血が凍りついている。

「もしや彼の身に……？」ターシャは胸を引き裂かれるような思いで問いかけた。

エレインははっとして目を見開いた。「いえ、そうじゃないの。ごめんなさい、びっくりさせて」

ターシャはめまいをこらえようと一瞬目を閉じた。ああ、わたしはてっきり……てっきり……。つと顔から血の気が引いていく。彼が死んだと思っただけで、なぜこんなに取り乱してしまったの？　知りもしない男なのに、ここまで感情的になるなんてばかげてるわ！　他人が見たらどう思うか……。

いいえ、違う。わたしはチェイス・コールダーに恋などしていない！　ただ……ただ責任を感じているだけ。それだけのことだ。

ターシャは青い顔のままチェイスの母親に言った。「彼は無事なんですね？」エレインがうなずくのを見て、なんとかほほえんでみせる。「すみません、わたしったら神経過敏になってるんだわ」

エレインは彼女の手を軽くたたいてから廊下の先のほうに引っぱっていった。「愛する人が怪我をしていたら誰だってぴりぴりしてしまうわ」

ターシャは内心たじろいだ。みんなわたしが彼を愛していると思っているからといって、ほんとうにそうだとはかぎらない、と胸につぶやく。

クーパー医師は机の前に座っており、向かいの椅子を二人にすすめた。二人が腰かけると、身を乗りだすようにしてターシャを見つめた。

「わざわざすみませんね、ミス・ラーソン。実はあなたにお願いがあるんですよ。ミスター・コールダーが三十分ほど前に意識を取りもどし、あなたに会わせろと言いだしたの。いまここにはいないとご両親が言うと、ひどく興奮してね。鎮静剤をうたなければならなかったわ。彼、あなたが死んだのをご両親が隠しているんだと思ったのよ」

ターシャはあえぐような声をもらした。「でも、わたし、ゆうべ彼と話しているんですよ！」

クーパー医師は肩をすくめた。「彼は覚えてないんでしょうよ。珍しいことではないわ。でも、興奮させたら体にさわるってことはおわかりよね？」

「ええ」ターシャはうなずいた。「で、わたしはどうすればいいんでしょうか？」

「簡単なことよ。あなたの婚約者はいま眠っているけれど、今度目を覚ましたときには顔を見せてあげてほしいの。あなたが生きていることが確認できれば彼も安心するでしょう。お願いできるかしら？」

さっき最悪の事態を想像して打ちひしがれたことを思えば、造作もないことだった。「もちろんですわ。幸い今日は裁判所に行く必要もないし、事務所に電話して休みをもらいます」

「あなた、弁護士さんなの？」エレインが驚いたように言い、ターシャは苦笑した。

「ええ、チェイスのような大物ではありませんけれど」

エレインはわずかに顔をしかめた。「あの子ったらどうして言わなかったのかしら。まあどうでもいいけれど。まずはチェイスに早くよくなってもらわなくちゃね」とターシャに笑いかける。

ターシャはうなずいたが、ナターリャがチェイスに自分のことをどのように語っていたのかが初めて気になった。でも、くよくよ考えても仕方がない。ナターリャが何を言っていようが、自分にうまくさばけることを祈るばかりだ。

医師の部屋を出ると、エレインはターシャの腕に腕をからませ、チェイスの部屋に向かいながらざっくばらんに言った。「ゆうべエヴァンとアリスンに電話して、チェイスは峠を越したと伝えたわ」

「エヴァンとアリスン？」ターシャは誰のことだかわからず、おうむ返しに言った。

エレインはいぶかしげな顔をした。「チェイスの弟と妹よ。あの子から聞いているでしょう?」

ターシャはたじろいだ。むろんチェイスの婚約者は聞いているに違いないが、わたしは何も知らない。

「ええ、もちろん。わたし、今朝はちょっと上の空になってるんです。すみません」とごまかす。

「いいのよ。気持はわかるわ。いろいろたいへんだったんですものね。それに、チェイスとは知りあってまだ間がないのよね。嵐《あらし》のような恋というわけね」エレインはくすりと笑った。

その表現でもまだ控えめすぎる、とターシャは思った。わたしはまだ彼とまともに顔を合わせてもいないのだ! 落とし穴だらけの部屋を目隠しして歩きまわっているようなものだ!

「あまり急なので驚かれたでしょう?」ターシャは無難な質問をした。

「少しね。だってチェイスが引退した父親のあとをついでこっちの事件の処理に来て、まだ一カ月もたってないんですもの。いきなり電話してきて結婚したいと言いだしたときにはびっくりしたわ。正直なところ心配もしました。でも、あなたに会ってすっかり安心したわ」

ターシャは胸の奥でうめき声をもらした。ずいぶんややこしいことになっているけれど、当面わたしにできることは何もない。いま得た情報からすると、ナターリャは彼と知りあってまだ一カ月にもならないようだ。エレインの言ったとおり、嵐のようなロマンスだったのだろう。でも、チェイスのほうが本気で恋したのに対し、ナターリャはそうではなかった。チェイスは幸せを見つけたつもりになっているのだろうが、この先彼を待っているのは苦しみだけなのだ。

2

ターシャはチェイスの部屋の窓際に立ち、通行人が下の通りを蟻《あり》のように動きまわるのを見下ろしていた。事務所に電話して今日一日休みをもらってからもう数時間がたっているが、チェイスはまだ目を覚ましていない。ゆうべからずっと彼に付き添っていたコールダー夫妻は、三十分ほど前ターシャに説得されてようやく食事をとりに行った。

「ナターシャ？」

チェイスの声はかすれたささやきにしかならなかったが、ターシャは耳ざとく聞きとって目を閉じた。この瞬間を重苦しい気持で待っていたのだ。昨日の自分の反応にショックを受けていまも立ち直れず、ベッドに近づいていくのがこわかった。それでも意を決し、ふりかえってそばに行く。

「ここにいるわ」静かに言ったが、動悸《どうき》は激しくなっていた。

チェイスはあのはっとするようなグレーの目でひたとこちらを見つめている。ああ、この目だ！　この目がわたしの心臓を引っくりかえし、膝の力を奪っていくのだ。わたしを溺《おぼ》れさせ、全身の血を沸きたたせるのだ。理性的な人間と自負してきたわたしが、いったいなぜこんな不可解な感情にもみくしゃにされてしまうのだろう。

ベッドのそばで立ちどまると、チェイスが手を差しだし、ターシャはつりこまれたようにその手を取った。とたんに電流にも似た何かが腕の中を駆け抜け、はっと息をのんだ。ブルーの目が荒れ狂う湖と化し、チェイスも同じくらい驚いたまなざしで見つめかえしてくる。彼もいまの電流を感じたのだと悟った瞬間、体に熱い戦慄《せんりつ》が走った。

チェイスは当惑したようにまつげをしばたたいた。

「人間、死にそうな目にあうと……びっくりするほど敏感になってしまうんだな」折れた肋骨《ろっこつ》に響かないよう、声をひそめて言う。

ターシャはますます混乱した。「え？」

「きみに触れていると……自分がまだ死んでないことがよくわかる」チェイスが自嘲《じちょう》的に言い、ターシャは彼の視線をたどって上掛けの下の下半身に目をやった。そのとたん彼の言う意味に思いあたり、顔がみるみる真っ赤になった。思わずあとずさりしようとしたが、相手が怪我《けが》していることを考えると無理やり手をふりほどくわけにもいかない。

「看護師さんに言って、あなたの飲むお茶に何か入れてもらったほうがよさそうね」叱《しか》りつけるように言うと、彼は笑い声をあげた。だが、その声はすぐにうめき声に変わった。「チェイス？」ターシャはたちまち心配になった。

「大丈夫だよ」チェイスはそう答えたが、そのあと非難がましい目でターシャを見た。「きみのせいだ。きみが先に始めたんだ」

「わたしのせい？」手を放してくれればいいのに、と思いながらききかえす。この状態では頭がまともに働かない。もっとチェイスから離れなければ。

「きみがあんな目で……ぼくを食べてしまいたそうな目で見るからいけないんだ」

ターシャは思わずうつむいた。「そんな目はしなかったわ」力なく抗議する。

「したさ。でも、いいんだ。嬉《うれ》しかったから……」

ほんとうにわたしはそういう目をしていたのかもしれない。ターシャは恥ずかしさにいたたまれなくなった。「わたし……あなたに早くよくなってもらうために付き添っているのに」

「効果はあがってるよ」

ターシャはどぎまぎして目をそらした。死にかけた男とまさかこんな会話をするとは思ってもいなかったのだ。神経質に咳《せき》ばらいして問いかける。「お願いだから、お行儀よくしてくれない？」

「この状態ではそうそう行儀の悪いこともできないだろう？」

ターシャは天を仰いで嘆息した。「何かわたしにしてほしいことはない？」

「してほしいことはいくつもあるけれど……いまはぼくのほうがそれに耐えられないだろうな」

ターシャは思わず笑ってしまった。「あなたってどうしようもない人ね！」

「そう言われると……元気が出る」

ターシャはため息をついて、彼の顔を見つめた。だが、彼が軽口をたたいているのは痛みをまぎらわせるためなのだと思いいたり、にわかに心配になってきた。「気分はどう？」

チェイスは唇をゆがめて笑ってみせた。「車に轢《ひ》かれたような気分だよ」

ターシャははっとした。あの事故のことをよくも冗談にできるものだ。「いったいどういうつもりだったの？　法廷の中だけでなく、法廷の外でも自分が無敵だということを証明したかったわけ？」思わず口をすべらせてからぎくりとする。いまのは命を助けてもらった人間が言うせりふではない。顔を赤らめて謝る。「ごめんなさい。いまの言葉は撤回するわ」

チェイスはからかうように言った。「いいんだよ。きみに叱られるのは……好きだ」

「よくはないわ。恩知らずな言い草だったわ」

「それじゃ、ぼくの体が回復してからちゃんと謝罪してもらおうかな。どうだい？」

チェイスの目がいたずらっぽく躍っているのを見て、ターシャは胸の奥でうめき声をもらした。彼は魅力がありすぎる。わたしを骨抜きにして、それでも構わないとまで思わせる。わたしはいったいどうなってしまったのだろう。ほんとうにしっかりしなくては。

弁護士の心得を必死に思い出し、ターシャはクールな目つきで彼を見た。「考えておくわ」

「ぼくも考えておくよ」

そのあたたかな声には背筋がぞくっとした。「ああ、もう、あなたと話しているとたたいてやりたくなっちゃう！」チェイスの手から力が抜けていたので、自分の手を引っこめて叫ぶ。ベッドの裾《すそ》にまわりこんでチェイスに背を向けたまま荒く息をついたが、あきれたことに彼はくすくす笑いだした。

「怪我人を引っぱたくことはできないだろう？」

ターシャはくるりとふりかえり、何か辛辣《しんらつ》なせりふを投げつけようとした。だが、思いとどまって腕を組み、脅すように彼をにらんだ。「そそのかさないほうがいいわよ」

「ぼくにきみをそそのかすことができるとは嬉しいね」チェイスはしゃがれ声で言い、ターシャは胸が苦しくなってきた。

「チェイス、お願いだから……」やり場のないいらだちに声がとぎれ、狼狽《ろうばい》の色濃い目を彼に向けた。「いったいわたしをどうしようっていうの？」

「きみにされていることを、やりかえしているだけさ」チェイスは弱々しく言いながら顔をしかめた。

ターシャはいらだちも忘れて問いかけた。「どうしたの？　どこか痛む？」

「喉がかわいているんだ。砂漠みたいにからからだよ」

「看護師さんを呼びましょう。水を飲んでいいかどうか、きいてみないとね」ターシャはブザーを押した。

「うちの親は……ここにいたのかい？」

その声に疲労がにじんでいるのを聞きとって、ターシャは自責の念にとらわれた。とっさに彼の髪を額からかきあげ、目を見つめる。「ええ。いまは食事に出てるけど、またすぐに戻ってらっしゃるわ」

やがて看護師が入ってきて彼の世話をしてくれた。それが終わるころにはチェイスはうとうとしかかっていて、間もなくそのまま寝入ってしまった。

ターシャはそばの椅子に腰かけ、彼の寝顔を見下ろした。頰に影を落とす長いまつげのせいで、まるで少年のように傷つきやすそうに見える。眠っているときには彼の魔力もさすがに弱まり、ターシャの頭もまたきちんと回転しはじめた。だが、その頭にうかんだ考えは決して愉快なものではなかった。

彼を安心させるつもりでいたのに、結局、意味深長な会話をかわすことになってしまい、しかもそれがこんなに楽しかったなんて！　やはりゆうべのあれはストレスのせいではなかったのだ。顔を合わせただけで心乱れ、めろめろになってしまう……。

ターシャは喉につかえたかたまりをのみくだした。自分の身に何が起こっているのかはわかっていた。それがわからないほど世間知らずではない。わたしは彼のとりこになってしまったのだ。つまりこれは恋なのだ。この気持はほかに表現のしようがない。

ひと目ぼれの話なんて、いままではありえないことと割り引いて聞いていたけれど、このわたしが現にひと目ぼれしてしまうとは！　彼の目を見ただけで、その目に溺れそうになってしまった。わたしを別の女と取り違えている男の目に……。

そこまで考えた瞬間、ターシャの血はすっと冷えていった。まるで悪夢の中に入りこんでしまったような気分だ。いったいなぜ妹の婚約者に恋などしてしまったのだろう。とにかく気がついたときには夢中になっていたのだ。でも、このままではいけない。彼のことはあきらめなくては。あきらめるのは簡単だ。彼が求めているのはわたしではないということを肝に銘じておけばいいのだ。彼があんな態度をとるのも、わたしをナターリャと思いこんでいるからだ。それを思えば、熱い思いも冷めるというものだ。平静を失わず、距離を保って、なるべく早くナターリャのことを打ちあけよう。それでこの恋も終わるはずだ。

ターシャは失意に耐えながら、エレイン・コールダーが置いていった雑誌を手に取り、ページをめくりはじめた――ベッドに寝ている男ではなく、目の前の活字に、強いて意識を集中させて。

しばらくするとコールダー夫妻が戻ってきた。ターシャは彼らが留守にしていたあいだの経過を手短に説明した。

「それじゃもう落ち着いたのね？　きっとあなたの顔を見て安心したんだわ」エレインがほっとしたように言うと、ターシャはほほえんだ。コールダー夫妻に真相を話せないのは心苦しいけれど、あとで事情を理解してもらえるよう祈るしかない。

ジョン・コールダーはチェイスに似た顔をほころばせて言った。「もう二、三日あなたのかわいい顔を見ていれば、自分が事故にあったことさえ忘れてしまうだろうよ」

エレインもにっこりした。「今日はどうもありがとう。また今夜会えるかしら？」

ジョンやエレインに家族の一員のように扱われ、ターシャは後ろめたい気持になった。でも、いまは調子を合わせる以外どうすることもできない。「ええ、用事をすませたらまた戻ってきます」エレインの頬にキスしたい衝動をこらえて部屋を出た。

これからすべきことを考えると気が重かった。だが、いやでも妹を訪ね、最後にもう一度翻意を促さなければならない。チェイスを妹から守ってやりたい気もするけれど、それはわたしが決めることではないのだ。チェイスがナターリャを求めているのなら、せめてもう一度妹を説得しなければ良心が許さなかった。

ターシャは、タクシーでナターリャの住むしゃれたアパートメントにおもむいた。管理人は彼女とナターリャが双子だということを知る数少ない人間のひとりで、髪の長さで二人を見わけている。ターシャは彼に手をふりながらロビーを通り抜けようとして呼びとめられた。

「あいにく妹さんはいませんよ」

ターシャは驚きもしなかった。「何時ごろ帰るかわかりませんか?」帰ったら電話をくれるようメッセージを置いていってもいい。

「いいや、もうここにはいないんです。出ていったんですよ」

ターシャは目を白黒させた。「出ていった?」

管理人はもじもじした。「荷物をまとめ、家賃を清算して、今朝一番に町から出ていったんです」

ターシャは愕然《がくぜん》とした。「どこに引っ越すか言ってませんでした?」

「西海岸のほうだとしか聞いてません」管理人はすまなさそうに肩をすくめた。「タクシーを呼びましょうか?」

「ええ、お願いします。外で待っています」

ターシャは煉瓦《れんが》の壁に寄りかかって車を待ちながら、ナターリャのことを考えた。まさか妹がこんなに素早く行動を起こすとは思っていなかった。ナターリャはさよならも言わずに姿をくらましたのだ。でも、彼女がなんでもやりたい放題なのはいまに始まったことではないし、重体の婚約者を捨ててしまえる女なら何をしでかしても不思議はない。ただ、おかげでひとつはっきりしたことがあった。

ナターリャはチェイスとはもうなんのかかわりも持ちたくないのだ。喜ぶべきでないとは知りつつも、胸に広がる安堵《あんど》感は否定のしようがなかった。妹に関してはもうやるべきことはやったのだ。ここから先はわたし次第。わたしが何をしても妹が悲しむことはない。ナターリャには人の心がないのだから!

金曜の午後には、ターシャは自分の気持をうまく抑えこんだつもりになっていた。日に何度かチェイスを見舞っても――幸い車は戻っていた――最初のころのように動揺することはなくなっていた。むろん彼を強く意識してはいるけれど。

もしかしたら、わたしが行ったときにはたいていほかの人がいるか、あるいは彼が眠っていることが多いからかもしれない。でも、気持をコントロールできるようになったのは事実だ。仕事のおかげもある。調べ物をしていれば、時間はあっという間にたってしまう。それで自信も強まった。もしほんとうに恋をしていたら、もっと気が散るはずだ。

今日はジョンとエレインに必要なものを買いに行かせてあげるため、早めに事務所を出てきた。殺風景な部屋を少しでも明るく見せようと、ターシャ自身は花を買ってきていた。モニターはほとんどがすでにスイッチを切られ、クーパー医師は明日にもチェイスを一般病棟に移すと言っていた。

チェイスが声をかけてきたのは、ターシャが鼻歌を歌いながら花瓶に花を生けているときだった。

「その髪、どうしたんだい?」

てっきり眠っているものと思っていたので、ターシャは驚いて飛びあがった。「ああ、びっくりした。心臓がとまりそうになったわ!」動悸が激しくなった胸に手をあてて彼をにらみつける。

「ごめん」チェイスは魅惑的な笑顔を見せ、ターシャの心にたちまち火をつけた。

目が彼の口の横にできたえくぼに吸いよせられ、よけい胸が高鳴る。ああ神さま、と彼女は心の中でうめいた。彼の目を見ないよう心に決めていたのに、この笑顔に不意をつかれてしまった。

無尽蔵な彼の魅力を前に、自信ががらがらと崩れていく。消えていくえくぼを見ながら、ターシャはわずかに頭をそらして彼と目を合わせたが、その瞬間呼吸がとまりそうになった。きっと体温もはねあがったに違いない。

曖昧《あいまい》にほほえみながら唇を舌で湿らすと、口元をじっと見つめられて胸がきゅっとしめつけられた。室内に突然電流が走ったような気がし、ターシャは慌てて口を開いた。「考えごとをしていたの。何かに集中しているときには鼻歌を歌う癖があるのよ」

「気づいていたよ」チェイスは肋骨の痛みを最少限にするため、注意深く息をついた。無言で見つめあった二人のあいだで一瞬火花が散った。「それで?」

チェイスがまた笑みをうかべて言った。

ターシャにはなんの話だかわからない。「それで、とは?」かすれ声でききかえす。

チェイスは片手を上げて指さしたが、たったそれだけのことがずいぶんつらそうだ。「その髪だよ」

髪? ターシャは当惑して頭に手をやり、それからやっと気づいて目を見開いた。ナターリャの髪が長かったことをすっかり忘れていたのだ。「ああ、これは……その……うっとうしくなったから切ったのよ」なんだか間の抜けた言い方だが、チェイスと向きあっているとどうしても思考力が低下してしまう。

「残念だな。ベッドできみの髪に顔をうずめることを夢見ていたのに」

「チェイス!」ターシャは頬を染めて小さく叫んだ。が、別に抗議するつもりで声をあげたわけではない。自分もその光景を想像し、官能を刺激されてしまったのだ。

「もう一度言ってくれ」チェイスがせつなげな声で

そっと言った。

ああ、その声だけで背筋がぞくぞくしてくる。まるで全身の神経がいきいきと活動を始めたかのようだ。彼と出会うまでこんな感覚は味わったことがなかった。「言うって、何を?」とまどいながら尋ねる。

「ぼくの名前。いまの声はすごくセクシーだった」チェイスが再び顔をほころばせる。ターシャは脚の骨がとろけてへなへなとくずおれそうになった。

「わたしを誘惑しているの?」そう言った声もかすれている。

チェイスの目の輝きが炎となって燃えあがった。

「わからないかい?」

二人のあいだには十分な距離があるのに、まるで手を触れられたような気がして息もできない。「それって……賢明なことかしら?」

「賢明ではないだろうが、自分の腕が落ちてないってことを確かめたかったんだよ」チェイスは自嘲するように言った。

「安心なさい、全然落ちてないわ」ターシャがかたい声で言うと、チェイスは笑い声をあげた。だが、すぐに痛そうに顔をしかめた。「大丈夫?」

「きみがそばに来てくれればすぐによくなる」チェイスは片手を差しだし、ターシャは火に吸いよせられる蛾《が》のように近づいていった。彼の手を取ったとたんしびれるような感覚が全身を貫き、ターシャは思わず目を伏せる。

「不思議だね」チェイスが指をからませてささやいた。

「あなたも……?」ターシャは胸がいっぱいになってその先は続けられなかったが、チェイスはうなずいた。

「骨の髄まで感じているよ。あのとき死んでいたらこんな喜びは味わえなかったんだね」

煮えたぎっていた血が一瞬にして凍りついた。あのとき死んでいたら――その言葉にターシャはぶるっと身震いした。

「ナターシャ？　どうした？」チェイスが気づかわしげに問いかけた。

ターシャは彼を見つめ、抑揚のない声音で言った。「ほんとうに死んでいたかもしれないわ」そのとき初めて、めぐりあう前からあやうく彼を失うところだったのだと痛感した。彼のいない世界はもはや考えられない。二日前には彼はチェイス・コールダーという単なる名前にすぎなかったのに、今ではこわいほど大きな存在になっている。

チェイスは彼女の手を握りしめた。「もうそのことは考えないで。結局は死なずにすんだんだ。こうして生きているんだよ」力強く言う。

ターシャは彼をじっと見た。病院のベッドに寝ていても彼には男の力がみなぎっている。そう、彼は生きているのだ。その現実にはいくら感謝してもしきれない。

「生きてくれてよかったわ」しゃがれ声で言うと、ターシャは気分を引きたてるために話題を変えた。「で、この髪型、気に入ってもらえたのかしら？」

チェイスはしげしげと彼女を見てからうなずいた。「よく似あってるよ」

ターシャの顔が自然にほころんだ。「ありがとう。お世辞でも嬉しいわ」落ち着きを取りもどして言う。「あなたのほうはひげが伸びてきたわね」彼の顎を見ながら続ける。「そのせいで、とても……」セクシーに見えると言いそうになって慌てて口をつぐんだが、時すでに遅かった。彼の目を見ると、自分の言おうとしたことを正確に見抜かれてしまったのがわかった。

「ぼくが何もできないときに、ずいぶん言ってくれるじゃないか」チェイスは恨めしげに言い、ターシャの顔が紅潮していくのを面白そうに見守った。

「化粧をしてないんだね」

ナターリャが素顔をさらすぐらいなら死んだほうがましだというタイプなのを思い出し、ターシャはすかさず答えた。「病院の中を映画スターみたいな格好で練り歩くのもどうかと思って」ナターリャならやりかねないけれど、チェイスはまだそれほど彼女のことを知らないだろう。

案の定、彼はターシャの言葉をすんなり受けいれた。「素顔のきみを見たら、なぜ化粧なんかするのか解せないよ。きみは素顔のままで十分美しい。ほら、その目だ!」

ターシャは息をとめ、催眠術にかけられたようにチェイスを見つめかえした。わたしのほうこそ、こうして見つめられているとその目に溺れたくなってしまう。すべてを忘れ、ただ……。

「あら、目が覚めたのね!」エレイン・コールダーの陽気な声で魔法が解け、ターシャは急いでベッドから離れた。エレインは息子に近づいていってそっとキスをした。「痛っ! あなた、ひげをそらなくちゃ!」

「看護師がそってくれると言ったんだけど、父さんにやってもらおうと思ってね」

ターシャは親子に遠慮して花瓶のところに戻ったが、彼の言葉にちらりとふりかえって言った。「あのブロンドのきれいな看護師さんに言われたのなら断らなかったはずよ」

「妬《や》けるかい?」彼が切りかえすと、ターシャは眉を上げた。

「妬いてほしい?」

「まあ、あなたたちったら!」エレインがため息まじりに言った。「お互い夢中なのね。まったくお熱いったらないわ。ところで今日の気分はいかが?」とチェイスの顔をのぞきこむ。

「タイソンとボクシングしたような気分だよ」チェイスがうんざりしたように言ったので、みんな声をあげて笑ったが、ターシャは彼の顔に疲れが出ているのを見逃さなかった。ほんとうにたいした精神力だ。いまもまだ痛みは引いてないはずなのに。

ジョン・コールダーが息子の肩に手を置いて言った。「まあその調子でがんばるんだな。かみそりは今度来るときに持ってくるよ」

「ああ、頼むよ、父さん」

「わたしたちがいないあいだ、ターシャにちゃんと面倒を見てもらった？」エレインが、必要もないのにベッドの上掛けを直しながら言った。

チェイスは母親の手をつかんだ。「そんなに構わないでくれよ、母さん。それになぜ彼女をターシャって呼ぶんだい？」

彼の両親は不思議そうに顔を見あわせた。「あなたはターシャと呼ばないの？」エレインがチェイスとターシャの顔を見比べてとまどったように言う。

ああ、わたしったらうかつだったわ。チェイスの両親に言っておきながら、当の彼には言わなかったなんて。彼と同じ部屋にいるだけで、頭の回転が鈍くなってしまうのだ。

ターシャは花瓶をベッドの横のテーブルに運んだ。「ナターシャを略してターシャなのよ」われながら驚くほど落ち着きはらって言う。花瓶を置き、ちょっとさがって花の生け具合を見ると、早鐘を打っている胸の前で腕組みしてから、おもむろにチェイスに視線を向けた。

「なぜいままで教えてくれなかったんだい？」チェイスが困惑したように言った。

ターシャは肩をすくめた。「あなたはナターシャと呼ぶほうが好きなんじゃないかと思っただけ」ほかに答えようがなくてぶっきらぼうに言った。

チェイスはターシャを見つめて不服そうに言った。

「ほかに呼び方があるとは知らなかったよ」

彼の両親も顔つきからしてなんだか釈然としないみたいだ。ターシャはチェイスに顔を近づけてほほえんだ。「別にたいしたことではないでしょう?」

彼がごくりと唾《つば》をのみこんだのを見て、胸に喜びがあふれだす。

チェイスは咳ばらいした。「ぼくたちはまだお互い知らないことがたくさんあるんだな。でも、確にたいしたことじゃない。ターシャというほうが髪を切ったノーメイクのきみには似あってる。ナターシャよりすてきだ」

「よかった。わたしもターシャと呼ばれるほうが好きなの」ターシャは体を起こし、顔をそむけた。ほてった顔を彼に見られたくなかった。自分がチェイス・コールダーのような男性を惑わせることができるのだと知って、顔が熱くなっていた。

その日は結局しゃべり疲れたチェイスが再び眠りこむまで病院にいた。帰りはスーパーマーケットに寄り、うきうきしながら食料品を買った。初めて知った自分の力に気持が舞いあがっていたから、ただの買い物もやたらと楽しかった。だがマヨネーズの瓶を手に取ったとき、ふくらんでいた心が不意にはじけとんだ。

わたしったらチェイス・コールダーといちゃついたりして、いったいどういうつもりかしら。彼があいう反応を示すのはわたしをナターリャと思いこんでいるからなのだ！　その現実を前にすると、さっきまでの高揚した気持もあっけなくしぼんでいく。

わたしが恋した相手は妹の婚約者であり、わたしと彼のあいだに未来はないのだ。近々彼に真実を打ちあけなければならない。ナターリャの仕打ちを知ったらチェイスは当然ながら彼女を憎むだろう。ナターリャの双子の姉のことは、憎まないとしても、恋をしてくれる道理もないのだ。

わたしは彼を愛していても、彼はわたしを愛していない。魅力は感じているにしても、それは愛とは別物だ。なのに、わたしったらばかみたいにはしゃいでいた。わたしにだってプライドはある。あとで取り繕うのに苦労しないよう、自分の気持をうまく隠さなくては。

彼に惹《ひ》かれていることは隠せないけれど、それ以上の深みにはまっているのを気取られないようにすることはできるはずだ。そこまでで被害を食いとめなくては。何よりも自分自身のため、前に誓ったことを実行すべきなのだ――冷静さを失わず、距離を保つという誓いを。

暗い気分で買い物をすませ、ターシャはアパートメントに車を走らせた。部屋に入るとキッチンのカウンターに食料品を置き、シャワーを浴びることにした。と、そのとき留守番電話のランプが点滅していることに気づいて、何げなく再生してみた。

「もしもし、アニーよ。今夜の予定に変更はないかどうか確かめたかっただけ。それじゃね」

ターシャは平手で額をたたいた。スティービー！すっかり忘れていた。スティービーはアニーの十歳になる息子で、今夜はターシャがプロ野球の観戦に連れていくことになっていた。明日が彼の誕生日なので、前もってチケットを買っておいたのだ。

気をまぎらわすには願ってもないタイミングだ。今夜もまたチェイスの見舞いに行くつもりだったけれど、この際、生活を元に戻す努力をしたほうがいいだろう。わたし自身のためだ。乗り気になれない自分を引ったてるようにして電話機に向かった。

ナース・ステーションで電話に出たのはチェイスの母親だった。「ターシャ？　どうかしたの？」

「実は昼間言い忘れたことがあるんです。今夜はそちらには行けません。前々から友達と野球を見に行くことになっていたんです。彼の誕生日なので、キャンセルするわけにはいかなくて」なぜ連れが小学生だということを言わないのか自分でもわからないが、そのあたりは黙っていたほうがいいような気がした。いつ架空のボーイフレンドが必要になるかもしれない。

「そう。チェイスはがっかりするでしょうけど、でもきっとわかってくれると思うわ」とエレインは言ったが、その口調からして彼女自身は納得がいかないみたいだ。

ターシャは罪悪感を抑えこんで言った。「彼にはまた明日行くと伝えてください」静かに言って電話を切った。

やることはたくさんあったが、すぐには動こうとしなかった。恋とはすばらしいものだと思っていたけれど、どうやらその想像は間違っていたようだ。恋とはつらいものだった。

結局、行くからには楽しもうと決心して家を出た。

スティービーのためにも、うかない顔はしていられない。そして結果的にターシャはおおいに楽しんだ。もともと野球ファンだし、同好の士と観戦する試合はまた格別だった。観衆とともに大声で声援すると気分がすかっとして、ホットドッグやソーダもことのほかおいしく感じられた。試合は贔屓《ひいき》のチームが勝ち、スティービーもターシャも思いきり盛りあがった。

「ああ面白かった!」球場を出るときにスティービーが言った。

「楽しんでもらえたみたいね」ターシャは笑いかけた。

スティービーも、すきっ歯を見せてにっこりした。「いままでで最高の誕生プレゼントだったよ。ああ、ママに話すのが待ちきれないな!」

ターシャは一瞬アニーが気の毒になった。アニーは野球が嫌いなのだ。だが、シングルマザーとして、スティービーにできるかぎりのことをしてやりたいと考えている。だからリトルリーグの試合には必ず応援に行くし、息子が繰りかえし語る野球の話にも辛抱強く耳を傾けていた。

「コーヒーでも飲んでいかない？」一時間後、スティービーを送っていったターシャにアニーは言った。

そのまま帰るつもりだったが、急に気が変わった。アニーとおしゃべりするのもいい気分転換になるかもしれない。「クッキーがあるならね」

「なんだか悩みごとでもありそうな顔ね」

アニーの言葉にターシャはほほえまなかった。

「男性に関することでしょ」アニーはインスタントコーヒーをいれ、クッキーの皿をテーブルに置いて言った。

「なぜそう思うの？」とターシャは尋ねた。

アニーはかわいた笑い声をあげた。「女にそういう顔つきをさせられるのは男だけだからよ。で、どうなの？　当たってない？」

適当にごまかしてもよかったのだが、ターシャはこの友人に嘘《うそ》をつく気はなかった。「当たってるわ」

「やっぱりね。相手はわたしの知ってる人？」

ターシャはクッキーをつまんだ。「いいえ、あなたは知らないわ」

「ハンサム？」

ターシャの脳裏にチェイスの顔がうかび、胸がきゅんと痛んだ。「すこぶるつきのね」自嘲的に言う。

アニーはテーブルに片手で頬杖《ほおづえ》をついた。「それで何が問題なの？　彼が結婚しているとか？」

ターシャは深々と息をついた。「婚約してるのよ。ナターリャとね」

アニーは口をあんぐり開けた。「ナターリャと？」

彼女もナターリャとは一度だけ会ったことがあるが、いい印象は持ってないようだ。

ターシャが事情を説明すると、アニーはあきれたように声をあげた。

「あなたの妹って最低だわ！　こう言っては悪いけどね」

「悪くはないわ」ターシャも同感だった。

「彼にはいつ話すつもり？」

「近いうちに。彼、日ごとに元気になっているの」

アニーは唇をかんだ。「それで、あなたの予想では……？」

ターシャは髪をかきあげてアニーを見つめた。アニーが何を言いたいのかはわかっていた。「いいえ、だめだと思うわ」

「でも、あなたはナターリャとは全然違うわ。彼だってきっと……」ターシャがコーヒーを飲みほして立ちあがったので、アニーは言葉を切った。

「別の女に恋してる男性の心をこちらに向けさせることはできないわ。わたしもそのうち忘れるわよ」

「そうかしら。こんなあなたを見るのは初めてよ、ターシャ」

ターシャは腕時計に目をやった。「もう帰らなくちゃ」

アニーは玄関まで送ってくれた。「話がしたくなったら、いつでも聞いてあげるからね」そう言うとターシャが車に乗りこむのを悲しげに見送った。

病院は帰り道にあり、ターシャの車は間もなくその前を通りすぎた。だが、今夜は断固無視するつもりだったのに、走れば走るほど戻りたい気持がふくれあがっていく。わざわざトラブルを招くようなものだと知りながら、その分別よりも強い何かがターシャをそそのかした。

さらに一分近く迷ったけれど、その実すでに結論は出ていた。バックミラーをちらりと見やり、ターシャはUターンして来た道を戻りはじめた。

3

病院は不自然なくらい静まりかえっていた。ターシャはチェイスの部屋の入口で立ちどまり、中を眺めた。ベッドのそばに小さなランプがともっている以外は真っ暗だった。もう時間が遅いから、コールダー夫妻はホテルに帰ったのだろう。

ターシャはベッドに近づき、チェイスを見つめた。短期間のうちに彼は自分にとって恐ろしいほど大きな存在になっている。ターシャは悩ましげにため息をつき、チェイスの額にかかったひと房の髪をそっとかきあげた。そのとき彼が目を開け、ひたとターシャを見た。

「きっと来ると思ってた」心を揺さぶるような柔らかい声で言う。

ターシャは彼の目から目をそらせないままささやくように言った。「ほんとうに？」

ああ、彼がこんなに近くにいる。体のぬくもりさえ伝わってきて、男らしい匂《にお》いにめまいがしそう。

こんなときめきを感じるのは生まれて初めてだ。

「ほんとうだとも。あの事故以来、ぼくたちは目に見えない何かで結ばれているんだ。きみも感じているはずだよ」

ええ、いまもひしひしと感じてるわ。でも、その魅力に負けるわけにはいかないの。「チェイス……」

「キスしてくれないのかい？」チェイスが誘いかけるように言った。「きみだってキスしたいんだ。それを考えただけでぼくの頭はどうかなってしまいそうだよ」

その甘美な言葉に体が震えだし、ほんの少ししか離れていない彼の唇に思わず目を落とす。チェイスがわたしにキスしてほしがっている。わたしもキスしたくてたまらない。

　でも、キスなんかしたらおしまいだ。取りかえしがつかなくなってしまう。これまではチェイスの唇はどんな味がするのかと夢想するだけだったが、いま彼の誘いに乗ったら、その答えを知ってしまったことに耐えられなくなるだろう。もうじきチェイスとは別れなくてはならないのだ。いまは理性を働かさなくては。良識を総動員し、ターシャはなんとか拒絶の言葉を考えはじめた。だが、もう一度彼の目を見ると、その言葉も舌先で凍りついてしまった。

「ターシャ」

　彼のささやきはターシャの全身にしみいった。たとえ逃げたくても、もう逃げられない。理性は狂おしい渇望にとろけて消えていった。いまは彼の唇の感触を知りたいという気持しかない。それを知ることに人生のすべてがかかっているような気がして、ターシャはゆっくりと、だが確実に、彼の顔に顔を近づけていった。

　唇が触れあうと、その火のような熱さに息がとまった。チェイスもはっと息をのんだ。二人とも信じられないような強烈な感覚にとらえられている。ターシャは彼の名を呼びかけるように唇を動かし、次の瞬間には意志よりも強い力に突き動かされて、いっそう強く唇を押しつけた。

　チェイスの手が上がり、ターシャを逃がすまいとうなじを押さえた。ターシャは目のくらむような感覚に酔いしれ、すべてを忘れてベッドの端にぐったりと体を預けた。心臓がおかしくなったように鼓動をきざみ、全身を熱い血が駆けめぐっている。

　ようやく体を引いたのは、チェイスが痛そうにうめき声をもらしたからだった。ターシャは深々とため息をつき、彼のしかめっつらを見下ろした。

「どうしたの？」ああ、情熱にかすれたこの声がほんとうにわたしの声なのだろうか？

「自分が動けないってことを忘れて、つい動こうとしてしまったんだ！」チェイスは歯を食いしばって言った。

ターシャは唇をかんだ。肋骨《ろっこつ》を折った人にしなだれかかるなんて不用意にもほどがある。「ごめんなさい。痛かった？」なんとか体を起こし、ベッドに腰かけて尋ねる。ほんとうは立ちあがるべきなのだが、彼に手首をつかまれてそれができなかった。

チェイスは片目だけ開けてターシャをにらんだ。

「どう思う？」ほえるように言う。

ターシャはたちまち身をかたくした。わたしひとりの責任じゃないわ！

「ひとりじゃキスはできないのよ、チェイス。自分のほうからキスしてくれって言ったこと、忘れないでよね」それにいまのキスの威力ときたら、ターシャのほうは一生忘れられそうになかった。

チェイスはもう片方の目も開けた。すると、もうその目はターシャをにらんではおらず、さっきとはまったく違う光が宿っていた。「いくらぼくのほうから頼んだのだといってもね……」ターシャの赤く染まった頬や濡《ぬ》れた唇を見てやんわりと言う。

ターシャはまた彼の魔力に吸いよせられそうになるのを感じ、自分自身を叱《しか》りつけた。「あなたのほうから頼んだといってもなんだというの？」

「いまのキスは思いのほか効いたよ」

ターシャは喉がつまってかすれた声しか出せなかった。「そう？」目をそらし、気を静めて彼を見る。

「どのくらい？」

「いつもの倍ぐらい」驚いて目をまるくすると、チェイスは笑みをうかべた。「いまのはほんとうにすごかった。いままで、こんなにすてきだったことはないよ」

ターシャの心臓は再びどきどきしはじめた。「ほほんとうに？」と念を押す。

チェイスはターシャのもう一方の手を取り、指をからみあわせた。「ほんとうに。なぜかはわからないが、事故にあってからきみへの気持がやけに強くなっているようなんだ。ぼくもきみもどこか変わったみたいにね。それもいいほうに。以前だってきみとのキスはすてきだったが、さっきのほうがもっとよかったよ。それはきみも認めるだろう？」

その言葉にターシャの胸は喜びではちきれそうになった。こんなことがあるなんて信じられない。確かにいまのキスでは体の芯《しん》が震えるような強烈な感覚にとらわれた。「ええ、前よりよかったわ」かすれ声で笑いながら答える。でも、冷静になれるまでよけいなことは言わないよう気をつけなくては。

「わたしも驚いたわ」

チェイスは口元に微笑を漂わせた。「嬉《うれ》しい驚きだよね」ターシャの手の甲に親指で円を描きながら言う。その指が婚約指輪に触れると、彼はターシャの手を持ちあげてつくづく眺めた。「これ、やっぱり持っていることにしたんだね？」

ターシャはぽかんとした。「持っている？」当惑して指輪を見下ろす。

「だって、ほんとうは気に入らなかったんだろう？　もうとっくに取りかえに行ったと思っていたよ」チェイスは淡々と言った。

そう言われてみれば、ナターリヤはもっと派手なものが好みだ。でも、わたしは違う。もし自分で選んだとしても、こういう指輪にしただろう。

「気に入らなかったわけじゃないのよ」素早く頭をめぐらして言い訳する。「サイズがちょっと大きすぎたからがっかりしただけ。でも、もう直してもらったわ」

チェイスは眉を寄せ、不思議そうに言った。「それじゃ気に入ってくれたのかい？」

「ええ、とてもきれいだわ」ターシャは心からそう答えた。

チェイスは彼女の態度が前と違うのを女の気まぐれと片づけたのか、首をふりながら肩をすくめた。

「その指輪に合うイヤリングも買ってあげるよ」

笑いを含んだ目で見つめられると、ターシャはまた魔法をかけられそうになって慌てて気を引きしめた。贈り物など受けとってはまずい、と心の中で警報が鳴りだす。「イヤリングなんていらないわ」そうはぐらかしたが、彼の親指の感触に頭がぼうっとしていた。

「もう話題を変えたほうがよさそうだな。さもないと眠れなくなってしまう」チェイスは唐突に言った。「野球はどうだった？　きみがプロ野球ファンだとは知らなかったよ」

こんなふうに手を愛撫《あいぶ》されていてはろくに考えることもできないが、それでもターシャはなんとか頭をすっきりさせようとした。「野球は大好きよ。試合もよく見に行くわ。今夜はわたしたちのチームが勝ったの。スティービーも大喜びだった」

チェイスの親指の動きがぴたりととまった。「スティービー？」口調が険しくなっている。

ターシャはきょとんとした。まさかチェイスが嫉《しっ》妬《と》するなんてありえないわよね？　でも、彼の顔に表れているのはまさしく嫉妬の表情だ。ターシャは声をあげて笑いたくなったが、かわりに唇をかみしめた。「スティービーというのは友達よ」

「それはおふくろから聞いた」チェイスが不満げに言ったので、ついにターシャは笑い声をあげた。

「その顔、あなたにも見せてあげたいわ！　スティービーというのはわたしの親友の子供なの。年は十歳……いいえ、もう十二時を過ぎたから十一歳ね。今日が彼の誕生日なの。野球観戦はわたしからの誕生プレゼントというわけ。これでご満足かしら？」

チェイスは顔をゆがめ、彼女につかみかかろうとした。「この……」

ターシャは警告するように両手を上げて笑った。「忘れないで、あなたは怪我《けが》人なのよ」

「だが、いつまでもこのベッドに縛りつけられているわけじゃない。きみこそそれを忘れるなよ！」意味ありげに言ってから、彼はきっぱりと言葉をついだ。「今度野球を見に行きたくなったら、ぼくが連れていくからね」

「わかったわ」ターシャが優しく言うと、チェイスはうめき声をもらした。

「ぼくって、ばかみたいかな？」

ターシャは微笑して彼の唇に軽くキスすると、反応が返ってくる前に急いで体を起こした。「ええ。でも、そういうところも好きよ。さあ、わたしはそろそろ帰らなくちゃ。もう時間も遅いしね。また明日来るわ」

「待ってるよ。それじゃおやすみ。運転には気をつけて」

「ええ」それ以上ぐずぐず居座る口実を思いつかないうちに、そそくさと病室を出た。

廊下の端まで来ると、立ちどまって壁に寄りかかった。そっと唇に指先を触れる。体は木の葉のように小きざみに震えていたが、気を落ち着けてチェイスの言ったことをじっくり反芻《はんすう》した。やはりわたしのうぬぼれではなかったのだ。思ったとおりだった。でも、あやうくそれを知らぬまま過ぎてしまうところだった。もし今夜病院に来なかったら、もしさっききキスをしなかったら、永久にわからなかっただろう。チェイスがナターリャとのキスでは感じなかったものをわたしとのキスで感じてくれたことも、二人のあいだに散る火花が事故の前には存在しなかったことも。

要するに、彼がわたしに対して感じているものがなんであれ、それは相手がわたしだからこそなのだ。チェイスはナターリャには感じなかったものをわたしに感じている。彼をあそこまで強く引きつけたのはほかならぬわたしなのだ。

では、これからどうする？　予定では明日か明後日にでもナターリャのことを打ちあけるつもりだった。でも、事態は新しい局面を迎えている。わたしが考えもしなかった局面を。チェイスもわたしが彼を求めるのと同じほどわたしを求めているのだ。

となると、道は二つ。真実を話して彼を失うか、あるいはこのまま口をぬぐって彼を手に入れるか。

そこまで考えたとたん良心がうずきだした。チェイスに対して別人のふりを続けるのは倫理的に間違っている。やはりほんとうのことを話さなくては。それに、もしかしたら彼がわたしを思う気持は、わたしが誰であろうと関係ないくらい強くなっているかもしれない。

ターシャは再びエレベーターに向かって歩きだし、自分が息をこらしていたことに初めて気がついた。

鉛筆を法律用箋《ようせん》の上に置き、ターシャは伸びをした。その動作で目線が壁の時計と同じ高さになり、思わずぎょっとした。急いで腕時計で確認したが、やはりもう七時近い。いつの間にこんなに時間がたってしまったのだろう。

法廷での審議は早くに終わっていたが、別の事件で調べたいことがあり、サンドイッチとコーヒーで食事をすませて図書館にこもっていたのだ。こんなに長居をするつもりはなかったのに、例によって読めば読むほど調べたいことが出てきて、気がついたら病院へ面会に行く時間をもう一時間半も過ぎていた。しかも病院は街の反対側だ。これでは何時に着けるかわからない。それにチェイスがどんな気分でいるかも。

例の事故から今日で十日たっていた。そのあいだ、ターシャは暇な時間のほとんどを彼と過ごしている。それでいて、いまだにナターリャのことは話していない。チェイスの具合は日ごとによくなっており、毎日今日こそは打ちあけようと決心して病院に行くのだが、結局、一日延ばしに延ばしつづけている。その理由は自分が彼に恋いこがれているからという以外考えられない。会えば会うほど深みにはまり、打ちあける勇気がどうしても出てこない。

チェイス・コールダーが、自分が人生に求めるすべてになってしまっているのだ。眠っていても彼の夢を見て、朝にはやるせない思いで目を覚ます。彼のことが四六時中頭から離れず、ときどきとんでもない場面で夢想にふけっている自分に気がつく。さすがに法廷でぼんやりしてしまうことはないけれど、それ以外の場所では目の前の相手が何をしゃべっているのか一瞬わからなくなるときがある。われながら救いようのない話だ。

ターシャはため息をつき、本を書棚に戻して駐車場に向かった。幸い渋滞のピークは過ぎており、思ったより早く病院に到着できた。病室の入口に立つと、いつものようにチェイスの姿を見ただけで胸がとどろきはじめる。シルクのパジャマにガウンをはおった姿がたまらなく蠱惑《こわく》的だ。ああ、彼を見ているだけでほかのすべてがどうでもよくなってしまう。

そのとき、ターシャの存在を感じとったかのようにチェイスが顔を上げた。

「いったい、いままでどこにいたんだ」窓辺の椅子に座ったまま難詰するように言う。子供がおもちゃを散らかすように、まわりに新聞を散らかしてある。

なるほど、そうきましたか、と心につぶやきながらバッグとコートをベッドの上に放《ほう》り、ターシャは腕組みして彼をにらみかえした。いまのチェイスはすねた子供と変わらない。でも、こっちだって疲れているし、おなかもすいていて、彼の癇癪《かんしゃく》に辛抱強くつきあえるような気分ではないのだ。

「ええ、こんばんは」ターシャは口先だけで甘ったるく言った。

チェイスは口元を引きしめた。「その返事はいったいなんだ?」

ターシャの目がきらりと光った。「人と会ったときにはまずこういう挨拶《あいさつ》をするものだわ」

チェイスも腕組みをした。「話をそらすなよ。いま何時だかわかっているのか?」

腹立たしいけれど、怒っているときの彼もまた魅力的だ。胸がうずき、ターシャは心の中でうめき声をあげた。「ええ、わかってるわ。腕時計ぐらい持ってるもの」

「だったら、時間に遅れてもきみは平気なんだな。今日一日どこにいたんだ?」

ずいぶんと理不尽な物言いだ。入院生活で精神的に不安定になっているとはいえ、わたしに向かってそういう言い方はないと思う。仕事で疲れていても、彼に会いたくて雨の日も晴れの日も欠かさず通ってきているのだ。それなのにちょっと遅れたぐらいで……いや、ちょっととは言えないかもしれないが、それはこの際問題ではない。文句を言うなんて!

「わたしには仕事があるのよ! 働いて食べていかなければならないの!」ターシャはかっとなって声をとがらせた。

「仕事? こんな時間まで?」チェイスはいやみたらしく言いかえす。

その口調に一瞬考えこみ、ターシャはやんわりと尋ねた。「仕事以外に何をしていたと思うの?」

「ひょっとして浮気でもしているんじゃないかとね」チェイスは苦しげな顔で言った。

ターシャは唖然《あぜん》とした。「冗談でしょう?」

「冗談なものか。生身の男ならきみをひと目見ただけでベッドに連れていきたくなる！」

ターシャは妖婦《ようふ》のように見られた当惑と怒りとのあいだで、つかの間揺れ動いた。そして、結局怒りが勝った。「ひとつ言わせてもらうわ、チェイス・コールダー。わたしは頭の軽いだらしがない女とは違うのよ。声をかけられたからって、誰にでもついていくわけじゃないわ！　わたしがほしいのはあなただけ。それなのに、あなたはそんなふうに思っていたのね！」

チェイスは黙りこみ、首のあたりをさっと紅潮させた。「それじゃ、ぼくの邪推だというのかい？」

このうえまだ念を押すのかと、ターシャはますますいきりたった。「それ以上言うと平手打ちするわよ！」

チェイスは重いため息をつき、片手で首をこすった。「怒ってるんだね」恨めしそうな顔だ。

ターシャは目玉をくるりとまわしてみせた。「怒る権利はあると思うけど？　一日法廷でがんばってきたのに、あなたにそんなひどいことを……」チェイスの表情にはっとして言葉をのみくだす。

「法廷？」そうききかえされ、自分がまた地雷原に踏みこんでしまったことにターシャは気がついた。不思議なことにいままで二人のあいだで彼女の仕事の話が出たことはなく、彼の両親も口にはしていならしい。ナターリャはいったい彼になんと言っていたのだろう。なんと言っていようが、わたしはほんとうのことを言うしかないけれど。

「ええ、わたしは弁護士なのよ」そう言い放ち、固唾《かたず》をのんで彼の反応を見守った。

チェイスは顔をしかめて言った。「きみは秘書なのかと思っていたが」

その言葉にターシャは困惑した。秘書と弁護士では大違いだ。いったいどう説明したらいいのだろう。ここはなんとかはったりで切り抜けなければ。

「わたしはそんなことを言った覚えはないわ」少なくともそれは嘘《うそ》ではない。秘書と称していたのはわたしでなくナターリャなのだ。でも、声が震えてしまったのを彼に気づかれはしなかっただろうか？

意外にもチェイスはばつの悪そうな表情になった。

「確かにね。法律事務所で働いていると聞かされて、ぼくが勝手に秘書と思いこんでしまったんだ」

つまりナターリャはわたしの名前だけでなく、職業までもかたっていたわけだ。いや、弁護士と詐称したわけではなさそうだけど、法律事務所に勤めていると言えば彼がいっそう関心を持ってくれると思ったのだろう。ありがたいことに妹の嘘とチェイスの思いこみのおかげで、この場はなんとか切り抜けられた。

「弁護士というものは、自分の思いこみでものを言うほど愚かではないと思っていたけど？」ターシャはつんと顎を上げてみせた。

チェイスはグレーの目をきらめかせた。「自分が間違っていたことは認めるが、情状酌量の余地はあるんじゃないかな？」

「どういうところに？」

「きみといると、ぼくの頭はまともに働かなくなってしまうんだよ」

またたわ！　ターシャはため息まじりに言った。

「そういうせりふはもう聞きあきたわ。今日遅くなったのは、調べ物に没頭していて時間がわからなくなってしまったからよ」

グレーの目が愉快そうに躍った。「で、今日の裁判は勝ったのかい？」

ターシャは誇らしげににっこりした。「もちろん」

「形だけでも謙遜《けんそん》してみせるつもりはないのかな」

ターシャは胸を張った。「わたしは優秀だもの」

チェイスは両手を上げた。「それはわかってる。専門は刑法？」

ターシャはかぶりをふった。「民法よ。マスコミをにぎわすのはあなたに任せるわ」皮肉っぽく言う。

「そういう言い方をされると、ぼくが売名にいそしんでるみたいじゃないか」チェイスは不服そうだ。

「マスコミを避けているようには見えないもの。新聞やテレビに出るのは大好きなんじゃないかと思ってたわ」実はそうでないことはターシャも知っている。もしほんとうにマスコミ好きだったら、あちこちで彼の顔を見ていたはずだ。

「やれやれ、ぼくをどういう男だと思っているのやら」チェイスがそうつぶやいたので、ターシャは思わずふきだした。それで、彼も仇《かたき》を取られただけだと気がついた。「わかったよ、ターシャ。ぼくの負けだ。これで許してくれるかい?」

ターシャは目をくりくりさせた。「考えておくわ」

「あまり先に延ばさないほうがいいよ」チェイスが脅すように言う。

「なぜ?」

「それは、そのときになればわかる」チェイスは彼女の口元に視線をさまよわせた。それだけでターシャは唇が熱くなるのを感じ、脈が急激に速くなった。

「あなたって、ほんとうに困った人だわ!」

チェイスは咳《せき》ばらいした。「だが、それでもきみはぼくを愛している」

その言葉を否定できず、ターシャは口ごもった。

「だいたい、なぜあんなに怒っていたの?」

チェイスはため息をついた。「きみに会うのが待ち遠しくてたまらなかったんだよ」

ターシャの心臓が飛びはねた。「まあ、チェイスったら!」ただでさえ崩れかけていたガードが彼のひとことでこなごなになった。わたしもどれほど会いたかったことか。

チェイスは片手を差しのべ、笑みをうかべた。

「こっちに来てちゃんと挨拶してくれないか」

ターシャはつりこまれたように彼の手を握った。

「もっと近くに来て」チェイスがかすれ声で言って手を引きよせると、ターシャは椅子の横でひざまずく格好になった。「このほうがいい」チェイスは満足げにささやき、彼女の顎をつまんで自分のほうを向かせた。「ああ、もう永久に二人きりになれないんじゃないかと思っていたよ。ずっとこのときを待っていたんだ。さあ、ほっぺたに軽くするだけのキスじゃなく、ちゃんとしたキスをしてくれ」

ターシャは思わず吐息をもらした。ここのところ彼に会いに来ても、病室にはいつも誰かがいて、短い挨拶のキスしかできなかったのだ。「わたし……」

「頼むから黙ってキスをして、ターシャ。きみの唇を味わいたくて、ずっと気がおかしくなりそうだったんだから！」チェイスが熱っぽく叫ぶ。

ターシャは小さくうめいた。彼女も痛いほどキスがしたかった。

「チェイス」唇が触れあうと、彼の名が甘いため息となって口からこぼれでた。両手をたくましい胸に這《は》わせ、チェイスがかすかに身震いしたのを感じて喜びをかみしめる。わたしが彼からこんな反応を引きだすことができるなんて……。だが思考はそこでとぎれ、ターシャは甘美なくちづけにひたすら溺《おぼ》れた。このあいだと同様、いや、このあいだ以上に情熱的なくちづけだった。からみあう舌の熱さに、頭のてっぺんから爪先まで電気が走り、無我夢中で彼のパジャマをつかむ。

廊下のほうで鋭い金属音が聞こえ、二人はようやくわれに返り、互いにはっとして唇を離した。ターシャは荒く息をつき、じっとチェイスの顔を見た。

「そんな目で見ないでくれ！」チェイスが苦しげに言ったので、ターシャは素直に目を伏せた。すると彼はうめき声をもらし、また彼女の顔を上向かせた。

「いや、どんな目でもいいからぼくを見てくれ。ああ、その目だ。もっときみがほしいよ。なのに、この部屋では一瞬たりともプライバシーが確保できないんだ！」

ターシャも同じように感じていたので、ついため息をついた。

チェイスは親指で彼女の唇をそっと撫《な》でた。「ぼくがどれほどきみを愛しているか、わかるかい？」

ターシャは彼が自分に寄せてくれる感情を愛だとは思っていない。でも、その感情が愛に発展することはありうるし、実際そうなってほしいと願っていた。ナターリャを忘れ、自分を愛してほしい、と。それがどうやら現実になろうとしている。

「わたしがあなたを愛しているのと同じぐらい？」

ターシャはささやきかえした。

チェイスは彼女の顔がよく見えるように、椅子にもたれかかった。「実は告白しなければならないことがある」

ターシャはどきりとした。「わたしが心配するようなこと？」冗談めかして尋ねたが、緊張して息をつめた。

「いや」とチェイスはほほえんだ。「心配しなければならない人間がいるとしたら、ぼくのほうだ」

ターシャはほっとして息を吐きだした。「そうなの？　なんだか面白そうね。早く話してよ」

チェイスは天をあおいだ。「ぼくが病人だってこと、忘れないでくれよ」

ターシャはにこっと笑った。「病人にしてはキスがじょうずだわ」

チェイスの目に炎が燃えたった。「またぼくの気を散らす！」

「ごめんなさい」ターシャは反省の色もなく言った。「お行儀よくするわ」

「あまりよすぎるのも寂しいけどね。ええと、なんの話だっけ？」

「何か告白したいことがあるんでしょう？」

チェイスは顔をしかめた。「そうだった。実を言うとね、きみと出会ったときにはその外見に恋をしたんだ。きみの美しさにすっかり魅せられてしまったんだよ。でも、いまでは……」

心臓がぴくりとはねたが、安易に結論に飛びつくのは禁物だ。「いまでは？」さりげなく先を促す。

チェイスは手の甲でターシャの頰を優しく愛撫した。「いまでは外見より中身のほうがもっと美しいのを知って、ますます好きになっている」

ターシャは思わず彼の首に抱きつき、たくましい肩に顔をうずめた。まさかそんな言葉を聞かせてもらえるとは思わなかった。こちらが何も言わなくても、彼は事故の前とあととの違いをはっきり認識してくれたのだ。ナターリャの外見に恋をしても、彼がいま愛しているのはわたしなのだ。

「ぼくが言ったこと、喜んでくれてるのかい？」チェイスはからかうように言って、彼女の髪を撫でた。

ターシャは笑いながら顔を上げ、思いをこめて彼を見つめた。「いまのがわたしにとってどれほど嬉しい言葉か、あなたにはわからないでしょうね」

「想像はつくよ」チェイスはそうささやいて、ターシャの唇に唇を重ねた。今度のキスは深い愛情のこもった優しいものだった。

二人が顔を見あわせてほほえんだとき、ドアがためらいがちにノックされた。見るとチェイスの両親が戸口にたたずんでいる。

「入ってもいいかな？　それとも出直そうか？」ジヨン・コールダーが楽しげに言った。

ターシャは優雅に立ちあがり、チェイスは両親に中に入るよう手ぶりで伝えた。

「全部すんだ？」

息子に問いかけられ、チェイスの父親は上着のポケットを軽くたたいた。「署名もしてきたよ、チェイス。彼女にはもう話したのかい？」

「なんのお話？」ターシャは二人の顔を見比べた。

「よかった、まだ話してないのね」エレイン・コールダーがはしゃいだ声をあげた。「ターシャに話すときにはわたしも立ち会いたいと思っていたの。さあ、チェイス」

チェイスは母親に笑いかけてからターシャのほうを向いた。「実は月曜に退院することになったんだ」

「まあ、すてき。よかったわ、チェイス！」

だが、次のチェイスのせりふでターシャは目の前が真っ暗になった。「まだ事務所には行けないけれど、うちで仕事するぶんには構わないそうだ」

「ボストンに帰るのね？」震える声で確かめる。

「できるだけ早くね」チェイスはターシャが唇をかんだのを見てほほえんだ。「きみの荷造りにはどのくらい時間がかかるかな？」

ターシャの心は、どん底から天高く舞いあがった。

「荷造り？　わたしもボストンに行くの？」

「当然じゃないか。きみを置いていくわけはないだろう？　来週末にチャーター機でいっしょにボストンに行くんだよ」

ターシャの頭の中はぐるぐるまわりだした。一週間後にはこの土地を去るということ？

「でも……仕事や家財道具は？」

「しまった、仕事のことを忘れていたよ。退職する際には前もって事務所に通告しておかなければならないのかい？」

ターシャは無意識にこめかみをこすった。「ええ。でも、たまっている休暇をうまく利用すれば、一週間で片がつきそうだわ」考えるそばから言葉にした。

「よかった。家財道具は業者に頼んで梱包《こんぽう》から運送までやらせるよ」チェイスが即座に言う。

ターシャはけおされた気分で言った。「何もかも考えてあるのね」

そのうつろな口調に気づいて、チェイスが顔を曇らせた。「行きたくないのかい？」

ターシャはもじもじした。「もちろん行きたいわ」

ただ、こんなに早く決断を迫られるとは思わなかったのだ。元気になったらチェイスが家に帰ることは当然予測できたはずなのに、そこまで思いいたらなかった自分が情けなかった。こうなったら、いよいよ真実を打ちあけなければならない。

チェイスはターシャの不安には気づいたふうもなく、また目をきらめかせた。「よかった。実は、もうひとつあるんだ」

「ええ、そうなの」エレインがあとを引きとった。「ジョンとわたしは毎年結婚記念日のころにハワイに行くんだけど、今年はチェイスの事故のせいで延期したの。で、どうせならもう一週間延ばそうと思ってね」

「ぼくたちの結婚式に出るためにね」とチェイスが続け、ターシャは心臓がとまりそうになった。

結婚式？　チェイスはわたしと結婚したいの？　むろんわたしだってしたいけれど、でも、結婚はまだ先の話だと思っていた。まずはしばらくいっしょに暮らすのだと漠然と考えていた。そのうえでほんとうに彼に愛されている自信が得られたら、そのときこそナターリャのことを話そうと。なのに、一週間ちょっとの猶予しか与えてもらえないなんて。

ターシャは途方に暮れて、チェイスの顔を見た。「それじゃ、急いでドレスを探さなくてはならないわね」と喉にからんだ声で笑いながら返事をした。

だが、ほんとうは笑える心境ではなかった。もうすぐ時間切れになってしまうのだ。いよいよすべてを打ちあけて、それでも彼の気持が変わらないことを祈るしかなかった。

4

ターシャはほんとうのことを話すつもりでいた。だが、話さなくてはいけないと気にしつづけていた。だが、タイミングをつかむのは予想以上に難しかった。

チェイスは月曜に退院し、両親が泊まっている同じホテルのスイートルームに移った。ターシャは仕事の引き継ぎのために毎日遅くまで残業していたが、その晩数日ぶりにチェイスや彼の両親と会った。四人で食事をし、ようやく二人きりになれたのはコールダー夫妻とおやすみを言いあってチェイスの部屋に行ってからだった。

部屋に入ると、当然ながら二人はまず長くて熱いキスをかわした。

「この部屋、高いんでしょうね」ようやくソファーに腰を落ち着け、ターシャは優雅な室内を見まわしてつぶやいた。いましがたのキスの余韻でまだ胸がとどろいている。隣で肩を抱いてくれているチェイスの胸も、頭の下で激しい鼓動をきざんでいた。引きかえせなくなる一歩手前で踏みとどまったのは彼のほうだった。まだ体が完全でなく、無理をしたら病院に逆戻りということになりかねなかった。

彼はターシャの首筋をゆったりと撫《な》でながら、かすかにほほえんだ。「ぼくにはこのぐらいの経済力はあるんだ」

「つまりはお金持だってこと？」ターシャは冗談半分に言った。

チェイスは柔らかな笑い声をあげた。「優秀な弁護士だからね」ターシャが以前、彼女自身について言った言葉をそのまま使う。

ターシャはナターリャが彼の経済力についてどう

とか言っていたのを思い出した。「どのくらいお金持なの？　小金持？　大金持？」

「大金持だよ」チェイスは真顔で答えた。「ぼくと結婚できるのが嬉《うれ》しいかい？」

彼が大金持だから？　ターシャは猛然と反論しようとした。が、次の瞬間、顔からすっと血の気が引いた。ナターリャはまさに彼の財産ゆえに結婚するつもりだったのだ。

「わたしがあなたと結婚するのは愛しているからであって、お金のためではないのよ」ターシャは心の底からそう主張した。

チェイスは彼女の顔を見た。「冗談だよ」

「でも、あまり面白くはなかったわ」

チェイスは吐息をついた。「わかってる」ターシャの手を取ってそっとキスする。「きみがなぜぼくと結婚するのかもよくわかっているよ」

ターシャはチェイスをじっと見つめた。これは願ってもないチャンスだ。いまこそ打ちあけなくては。晴れやかな気持で結婚できるように真実を話してしまうのだ。だが、口を開きかけてターシャは躊躇《ちゅうちょ》した。心に埋もれていた疑念と不安が一挙に噴きだして、急に吐き気がしてきた。もし彼がわかってくれなかったらどうする？　もし許してくれなかったら？　わたしは彼を失ってしまうだろう。その恐ろしい考えに、ターシャの体は芯《しん》から凍りついた。

いままでこれほど激しい恐怖に見舞われたことはなかった。もしチェイスを失ったら……。ターシャは必死に自分に言い聞かせた。わたしは心細さのあまり、最悪のケースを想定しているだけだ。それが現実になるとは限らないのだ。だが、わずかでもその可能性が残されているというだけで、彼女の決意はあえなくしぼんでいった。いまはまだ言えそうにない。もっと自信がついてからでなければ。

ターシャは片手で彼の頭を引きよせた。「そうよ、あなたを愛しているの、心から」熱っぽく訴えて唇を貪《むさぼ》る。

その瞬間、世界がふわふわと漂いはじめ、チャンスは永久に失われてしまった。

それから二日間、ターシャは自分自身を意気地なしと責めつづけた。先に延ばしてもことが面倒になるばかりだと理性ではわかっているのだが、感情にかかわる問題で理性的にふるまうのは非常に難しかった。

水曜日に二人はコールダー夫妻と昼食をともにして、結婚式の打ちあわせをした。チェイスの母親は、急な結婚でも、ちゃんとした式を望んでいた。

「アリスンも夫のマットと来るそうだし、エヴァンも必ず出席すると言ってるわ」コーヒーを飲みながらエレイン・コールダーは言った。

「彼女がボーイング七四七を借りきって一族全員を集めようとするのをわたしがなんとかとめたんだ」ジョン・コールダーが笑いながら言った。

「あら、あなたったら大袈裟《おおげさ》ね！」エレインは夫をにらんだ。「ほんとうに、ほかに招待したい人はいないの、ターシャ？」二人の名前しか挙げられていないターシャの招待客リストを見て問いかける。

「ええ、アニーとスティービーだけでいいんです」ターシャはなんとか自分の気持を引きたてようとしたが、その実、良心がうずいていた。

「ご両親もよばないの？」とエレインは言った。

これはターシャの秘密の核心にかなり迫った質問だ。彼女は考えもせずに急いで答えた。「わたしたちは孤児なんです」

「わたしたち？」チェイスが聞きとがめた。

ターシャはぎくりとした。心臓が気持悪いほど打ちはじめる。「わたしには……妹がいるの」ほんとうは妹がいることさえ言いたくなかったのだが、口がすべったのだから仕方がない。それに、これでまた真実を話すきっかけが与えられたことになる。

エレインが顔を輝かせた。「まあ、それだったら……」

「妹とはうまくいってないんです」ターシャは口早にさえぎった。「いまどこに住んでいるかもわからない状態で」少なくともそれはほんとうだ。

「そうか。それは残念だね」チェイスはなんの疑問も持たず、いたわるように彼女の手を取った。

ターシャは言い訳がましくつけ加えた。「わたしと妹はあまり似てないんです。考え方も感じ方もまるっきり正反対なの」

「それできみと妹さんは誰に育てられたのかな？ 養父母？」ジョン・コールダーが優しく尋ねた。

ターシャは首をふった。幼いときには養女としてどこかの家に引きとられることを切実に願っていたが、その願いはかなえられなかったのだ。「姉妹いっしょに育てるほうがいいってことだったんですけど、二人も引きとってくれるような家庭はなかったんです。だから二人で施設を転々としましたわ」

「たいへんだったんだね」チェイスが優しく言った。

「そうひどくもなかったわ」ターシャは微笑した。食べるものや着るものに困ったことはない。ただ、与えられる愛情が足りなかっただけだ。

「妹さんと最後に会ったのはいつ？」エレインが無邪気に尋ね、再びきっかけを作ってくれた。

あの事故があった日です、と答えるべきなのはわかっていたが、なぜか言葉が出てこない。

「ターシャはその話はしたくないんだろう」チェイスが彼女のようすを見て、助け船を出してくれた。

ターシャはついその助け船に乗って、もじもじと言い訳した。「あまりいい別れ方ではなかったものですから」

チェイスは手を握りしめて、さりげなく話題を変えてくれたが、ターシャはまたも話しそびれてしまったことに忸怩《じくじ》たる思いをかかえこんだ。それからしばらくしてコールダー夫妻は帰っていき、レストランの奥まった席にはターシャとチェイスの二人が残された。

チェイスはわびるように彼女を見た。「おふくろのことはすまなかったね。好奇心旺盛《おうせい》で、ちょっと無神経なところがあるんだ」

ターシャはまだ罪悪感を持てあましていた。「いいのよ。すてきなご両親だわ。わたしにもとてもよくしてくださる」

「きみが好きなんだよ」とチェイスはほほえんだ。

「わたしもあのお二人みたいな人を親にほしかったわ」

チェイスが彼女の手を取った。「かわいそうに」

その言葉にターシャはかっとなった。「あわれみは結構よ！」そう叫んで手を引っこめようとしたが、彼は強く握りしめたまま放さない。やましいことがあるせいで過剰反応を起こしているのだと自覚はしているけれど、どうしても感情的になってしまう。

「あわれみなんて感じてないよ、ターシャ」チェイスは言った。「妹がいたとはいえ寂しい生活を送っていた幼い少女のことを思うと確かに悲しいと思うが、いま目の前にいる女性に感じるのはあわれみとはほど遠いものだ」

その悩ましげな目を見ただけで彼が言わんとしている意味を悟り、ターシャはみるみる赤くなった。

「まあ」思わず声をもらす。

「そう、きみの思っているとおりだよ」

ターシャは荒れ狂う心を静めようと、つかの間黙りこんだ。

「これをきっかけに、わたしはもう帰って寝ると言ったほうがいいんでしょうね」彼女がようやく言うと、チェイスは笑い声をあげた。

「寝るなどという言葉を聞くと、よけい血圧が上がってしまうよ」

ターシャもいっしょになって笑った。が、ほんとうは胸が苦しかった。「それじゃ話題を変えて、あなたの子供のころの話を聞かせてよ。この世に生まれた日のことから」

「ぼくの気をまぎらわそうってわけ？」チェイスは眉を上げた。

ターシャは目を伏せた。「自分の気をまぎらわせたいのよ」

チェイスはその言葉にごくりと唾《つば》をのみ、椅子にもたれかかってちょっと目を閉じた。それから再びターシャを見て話しはじめる。「ええと、ぼくが生まれたのはたしか木曜日で……」

ターシャはうっとりと彼の声に聞きほれた。ああ、わたしがチェイスを失うことをこんなに恐れるのも無理はない。彼はわたしの理想そのものなのだ。

木曜の昼には、同僚たちが事務所でささやかな送別会をやってくれた。ここで働いてきた日々は楽しく、辞めるのはなごり惜しいほどだった。

だが、数時間後にチェイスと夕食をとるため支度をしているとき、初めて現実が胸に迫ってきた。黒のドレスをまとって鏡の前に立ち、膝丈のたっぷりしたスカートやレースの長い袖《そで》に見入っているうちに、ふと気づいたのだ。仕事を辞め、明日のチェイスとの結婚に同意したことによって、わたしはもう未来を選びとってしまったのだ、と。チェイスとの未来はただの可能性ではなく、疑問の余地のない規定路線となったのだ。となると、自分がするべきことはひとつしかない。

ターシャは身じろぎもせずに鏡を見すえた。〝彼に話さないつもりなの？〟鏡の中の女がそうなじるが、答えはその目を見れば歴然としていた。

ええ、話さないわ。チェイスにはとても話せない。

わたしの人生に欠けていたものが彼への愛の中に見つかったんだもの。ナターリャのことを打ちあけたら彼は去っていくかもしれない。そんな危険をおかすことは絶対にできないのだ。これはもう理屈ではない。

確かに黙っていることも危険ではあるだろう。でも、わたしさえ口をつぐんでいれば、彼にばれるはずはないのだ。ナターリャとは何千キロも離れてしまうのだから。チェイスに最初に出会ったのが双子の妹だったとわざわざ知らせる必要はない。知らないということは幸せだと世間でも言うではないか。

自分がこんな無謀な賭《かけ》をすることになろうとは想像もしなかったけれど、彼を失うくらいならどんな危険もいとわない。彼はそれほど大きな存在なのだ。

玄関のチャイムが鳴り、ターシャははっとわれに返った。神経質にスカートを撫でつけ、もう自分の気持は決まっているのだと心につぶやく。いまさら引きかえすことはできない。鏡の中の女に最後の一瞥《いちべつ》を投げかけ、バッグと絹のショールを手に玄関に向かった。

黒のディナースーツと白いシルクのシャツに身をかためたチェイスはどきっとするほど魅力的だった。無言でターシャのドレス姿を観賞し、目に熱い炎を燃やしながらもにっこりほほえむ。

「二人とも考えることは同じだったようだね」

「考えることって？」声がかすれてしまったが、ターシャは彼に気づかれてもいっこうに構わなかった。今宵《こよい》を特別な夜にしたいからこそ、このドレスを選んだのだ。

「ホテルのぼくの部屋で二人だけで食事したいってことさ。異存はないだろう？」

「ないわ」焼けつくような彼の視線を受けとめ、ターシャの瞳も燃えあがる。

「それじゃ行こう。タクシーを待たせてある」ターシャは彼が差しだした肘に手をかけた。二人にとって、今夜結ばれることは暗黙の了解になっていた。

その晩キャンドルのともされた窓際のテーブルで自分が何を食べたのか、ターシャには思い出せなかった。チェイスとどんな話をしたのかさえ記憶に残らず、覚えているものといえば彼の魅惑的な顔だけだ。たとえ隣に爆弾を落とされても、目の前の男から注意がそれることはなかっただろう。

グレーの目いっぱいにたたえられた微笑や、その顔に躍るキャンドルの火影、心を震わせるあたたかな笑い声にターシャはひたすら陶然としていた。チェイスがいとおしくて、胸が痛いほどだった。

いつの間にかチェイスは話を中断し、口元にかすかな笑みをたたえてこちらをじっと見つめていた。

「ぼくの話を聞いてるかい?」

ターシャは現実に返ってぱちぱちとまばたきした。

「え?」

「ぼくの話を聞いているかと言ったんだよ」

「もちろん聞いてるわ」

チェイスは眉を上げた。「それじゃ、いまぼくはなんて言った?」

ターシャはゆったりとほほえんだ。「さあ、わからない」正直に白状すると、チェイスも微笑した。

「だと思った。魚はおいしかった?」

ターシャはきょとんとした。「魚?」それから目の前の汚れた皿を見下ろして、はたと気づいた。

「ああ、魚ね! ええ、とてもおいしかったわ」

チェイスはおかしそうに首をふった。「魚じゃなくて、ステーキだったんだよ。そんな調子ではハンバーガーにフライドポテトでも同じだったかもしれないね」

ターシャはぼうっとして、チェイスに笑われても気にならなかった。だが、ふと不安になって彼を見つめた。「チェイス、わたしがあなたを愛してるってこと、いつまでも忘れないと約束して」

その思いつめたような口調にチェイスは怪訝《けげん》な顔をした。「どこかに行く予定でもあるのかい？」

「どうして？」

「まるでぼくと別れようとしているみたいに聞こえたから」静かな声で言う。

ターシャは急いで彼の手を取った。「まさか！　わたしはあなたのそばを離れないわ。あなたに捨てられないかぎりはね」

「ぼくがきみを捨てるなんてありえないよ。それにきみがぼくを愛しているのもわかっている。何があろうとそれを忘れるわけはない」

「忘れないと約束して」

「約束する」チェイスが真剣な面持ちで言い、ターシャはほっと息をついた。

「わたしったらばかみたいね」

「きみほどすばらしい女性はいないよ。明日きみの指に結婚指輪をはめたら、ぼくは世界一幸せな男になるんだ」そのしみじみとした声音にターシャは胸がいっぱいになった。

「わたしも世界一幸せな女になるんだわ」

チェイスは彼女の手を握りしめ、咳《せき》ばらいをした。「ちょっと踊ろうか」かすれ声で言って立ちあがる。

部屋の真ん中まで来るとターシャは彼の肩に頭をもたせかけ、柔らかなＢＧＭにあわせて踊りだした。髪に彼の顎が軽く触れている。ここがわたしのいるべき場所、ここがわたしのふるさとなのだ。こうして抱かれているのがしごく自然な感じがする。

ターシャは目を閉じ、彼の背中をゆっくりと撫ではじめた。ゆったり体を揺らしていると、たくましい男の脚が腿をかすり、たちまち体の奥が熱くなっていく。それに気づいたかのようにチェイスがターシャをぐいと引きよせ、ターシャは彼の高ぶりをドレスごしに感じて、うっとりとグレーの目を見あげた。と、チェイスが彼女の指を持ちあげ、そっと口に含んだ。

ターシャの心臓は激しく暴れだし、呼吸が乱れた。体じゅうの細胞が彼の愛撫《あいぶ》を求めて狂おしい期待にうずきはじめる。

だが、チェイスは急ぎはしなかった。ターシャのほてった頬を両手にはさみ、優しく唇を重ねてきた。長く情熱的なくちづけが続き、ようやく唇が離れたときには彼女の膝はがくがくしていた。チェイスは息を荒らげながらターシャの目を見つめていたかと思うと、やにわに彼女を抱きあげた。

一瞬ターシャの頭に理性が戻った。「だめよ、チェイス！　あなたはまだ本調子ではないのよ！」

だが、チェイスは笑顔で言いかえした。「優しくしてくれれば大丈夫だよ」そして寝室に彼女を運び、足でドアを閉めた。

ターシャをベッドの横に立たせ、上着を脱いでネクタイを取る。続いて靴と靴下を脱ぎすて、シャツのボタンをいくつかはずしたところで、我慢しきれなくなったようにまたターシャを抱きよせた。唇を貪りながらドレスのファスナーを下ろすと、ベッドに腰かけ、膝のあいだに彼女を引きよせる。

ターシャはドレスを床に落とされ、あらわになった胸を熱い視線にさらされて陶然と立ちつくした。チェイスが胸の谷間に顔をうずめてくると、彼の髪に指を差しいれて強く頭を抱きしめた。

「きみは美しい」チェイスがくぐもった声で言い、ターシャの胸を手のひらに包みこんだ。快感が波となって心臓を直撃し、ターシャは思わず彼の名を呼んだ。

それにこたえてチェイスは彼女の胸の頂に口をつけ、さらにはレースのショーツを下ろしながらその下のほうにと唇を這《は》わせた。

強烈な刺激に耐えきれなくなって床に膝をつき、

ターシャは息をあえがせながらチェイスの胸に頭を押しつけた。彼の胸も激しく波打っているのを感じると、もどかしげにシャツを脱がせはじめる。

ああ、なんてきれいな体なの！　がっちりとした肩に、胸毛におおわれたたくましい胸。ターシャは無我夢中でシャツを脱がせたが、そこから先の記憶は熱く濃密な霧の中に迷いこんでしまい、気がついたら二人は生まれたままの姿で抱きあって、互いの体を貪りあっていた。

ターシャは彼を求めて気がおかしくなっていて、ようやくひとつに結ばれたときには頭をのけぞらせて喜びの声をほとばしらせた。そうして二人はともに快楽の絶頂へとのぼりつめていった。

やがてチェイスがうめき声とともにターシャの上にくずおれた。ターシャはこのうえない歓喜の余韻に酔いしれながら、じっと彼の重みを受けとめていた。

しばらくするとチェイスがため息をついて横にころがり、ターシャを抱きよせた。「待っていた甲斐《かい》があったよ」彼女の髪を撫でながら、かすれ声でささやく。「でも、これほどいいってわかっていたら、もっと早くベッドに連れてきたのに」

その言葉を聞いてターシャははっとした。チェイスはナターリャとはベッドをともにしたことがなかったのだ。二人の関係がどこまで進んでいたかについては考えないようにしていたが、ターシャはやはり嬉しかった。ナターリャが彼に抱かれなかった理由はわからない。彼女らしくもないことだ。たぶん確実に結婚にこぎつけるために、じらす戦略をとったのだろう。理由はどうあれ、それがターシャにとってありがたい結果になったのは確かだった。

「ほんとうにすてきだった」とチェイスは言葉をついだ。「ここが病院でなくてよかったよ。きっと血圧が急上昇しただろうからね」

「あなたが退院していなかったら、こうはならなかったわ」ターシャは甘い声で言ったが、彼の手がまた危険な動きを見せはじめたので、慌ててその手をつかんだ。「あら、もうだめ……」

チェイスは頭をもたげ、グレーにけぶる目で彼女を見つめた。「何か言ったかい？」

「忘れたわ」とターシャはささやきかえした。「わたし、物忘れが激しいの。ここは桃源郷？　それとも夢の中？」

「夢じゃないよ、ダーリン。夢でなく現実だということを、これからきっちり思い出させてあげよう」

「ええ、思い出させて」ターシャはかすれ声で言ったが、それっきり思考はまた霧にかすんでしまった。

「ほんとうにこれでいいの？」ターシャが化粧の仕上げをするのを見守りながら、アニーが問いかけた。

ここはターシャのアパートメント、時は金曜の午後で、ターシャは結婚式の支度をしている。

「彼を愛しているのよ、アニー」ターシャは短く答え、口紅をつけた。マスカラと口紅と頰紅だけのシンプルな化粧だが、昨夜ひと晩チェイスといっしょだったので頰紅はほとんど必要ないくらいに顔が上気している。アニーとスティービーが来る少し前に、このアパートメントに帰ってきたのだ。

「でも、もし彼にばれたら……」アニーが心配そうに言葉を切った。

ターシャは立ちあがり、クリーム色の靴に足を入れながらきっぱりと言った。「大丈夫、ばれないわよ」着ているのはこの日のために買った象牙《ぞうげ》色のシルクのスーツだ。ずいぶん値が張ったが、結婚するからにはそれなりのものを着たかった。

「でも、やっぱり間違っているような気がするわ」アニーがため息まじりに言った。

ターシャはクリーム色のバッグを手に取った。スーツケースはすでに空港に送ってある。この部屋に残っているものはあとから業者に運んでもらうか、保管してもらうことになっていた。あと一時間ほどでチェイス・コールダーの妻になるのだ。

立会人役を務める予定のアニーに向き直り、ターシャは哀願するように言った。「たとえ間違っているとしても結婚したいのよ。あなたも喜んでくれない？」

「それはもちろん」アニーはターシャに抱きついた。「ただ、あなたがいなくなるのが寂しいだけよ」

そのとき寝室のドアが勢いよくたたかれた。「ねえ、まだ？　もう待ちくたびれちゃったよ！」ステイービーの叫び声に、二人は笑いながら抱擁を解いた。

ターシャはドアを開け、その場でくるりとまわってみせた。「どう？　こんなものでいいかしら？」

スティービーは目をまるくした。「すごい！」

「チェイスも同じように思ってくれるといいわね」

アニーが言いながら、部屋の外に出た。

ターシャはこの数年間わが家と呼んでいた場所にもう一度だけ目をやったが、特に未練はなかった。いまのわたしにとってはチェイス・コールダーとの結婚がすべてなのだ。

ジョン・コールダーが手配してくれたリムジンで教会に行くと、中でチェイスが待っていた。その姿を見たとたん、例によって胸がどきどきし、多少なりとも残っていた不安はきれいさっぱりぬぐい去られた。わたしはチェイスを愛している。彼を傷つけるようなことは絶対にしない。最高の妻になって、必ず彼を幸せにしてあげよう。

三十分後、再び陽光のまぶしい外に出たときにはターシャはもうターシャ・ラーソンでなく、ミセス・コールダーになっていた。その証拠に二人の薬指には揃《そろ》いのゴールドの指輪がはまっている。

教会の石段の一番上でチェイスは立ちどまり、ターシャの顔を見下ろした。「幸せかい？」

ターシャは愛されている自信に満たされてこぼれんばかりの笑みをうかべた。「とても幸せよ」

もう過去はふりかえるまい。いまは未来だけが目の前に広がっていた。

5

ターシャは夫が室内を動きまわるのをベッドの上からいとおしげに見守っていた。

黒っぽいビジネススーツに身を包んだチェイスは、数カ月前の事故が嘘《うそ》のように力強くたくましい。でも、そろそろ髪を切らないと、とターシャは思った。シャツのカラーにかかる黒髪もすてきだけれど、弁護士としては少し長すぎる。法廷ではきりっと怜悧《れいり》に見えなくてはいけないのだ。口元がセクシーなのも逆効果だ。わたしをまたたく間に燃えあがらせる熱い炎を隠している。

身繕いを終え、チェイスはまた近づいてきた。ベッドの端に腰かけ、残念そうにほほえみながらターシャの頰に指先を触れる。「仕事さえなかったら、ぼくももっと長くベッドにいられるんだが」

「わたしが誘惑してもだめ？」ターシャはからかうように言った。

「悪い子だね。ぼくが仕事中でもきみのことばかり考えてしまうのをよくわかっているくせに」

「まあね」ターシャがにっと笑うと、彼はうめき声をもらした。

「それじゃ出かけるよ」チェイスはきっぱりと言いながらも彼女の唇に未練がましく長いキスをし、戸口でまたふりかえった。「いつまでも寝ていてはだめだよ。日を追うごとにきみは朝が遅くなっている。きみにも仕事があるんだってことを忘れないようにね」

彼が出ていって間もなく、玄関のドアが閉まる音がすると、ターシャは猫が生クリームをなめたような満足げな笑みをうかべた。幸せが胸の中ではじけそうだった。今日は仕事に出る気はない。別に行くところがあるのだ。ここに移ってきて小さな法律事務所を開いたのだが、今日休みを取ることは共同経営者の女性にも言ってある。

ターシャは寝返りをうって枕《まくら》に顔をうずめ、うっとりするような彼の匂《にお》いを吸いこんだ。ほんの一時間ほど前、ここで彼と熱い愛の時間をわかちあったのだ。記念日のプレゼントだと言って、ターシャがリードして……。結婚して今日でちょうど八カ月。この八カ月間はほんとうに幸せだった。チェイスも幸せそうだし、これだけ愛しあっているのだから、自分のしたことに悔いはない。それに今夜……彼にほんとうのプレゼントをあげれば、この幸せは完璧《かんぺき》なものになる……。

ターシャはじっとしていられなくなって、起きあがると手早くシャワーを浴びた。予約の時間は十時だが、遅刻はしたくなかった。十分後、タオルを体に巻いて浴室から出た。大きな鏡の前でふと足をとめ、タオルをはいで自分の裸身を映す。

腹部がほんのわずか、ふくらんでいた。ターシャはその中に息づく命を感じとろうと片手をあてた。まだ確かめてはいないけれど、そこに新しい命が芽生えているのはわかっていた。ターシャはかすかにほほえんだ。これがチェイスへのプレゼントなのだ。二人の赤ちゃん。愛の結晶……。

夢想から覚め、ターシャは時計を見てぎょっとした。郊外に立つこの家はきれいで広々としているが、場所がちょっと不便なのがたまにきずで、ボストンに出るのもひと苦労だった。急いで下着をつけ、手当たり次第に服を着る。

数時間後、ターシャは妊娠を確認し、山ほど買い物をして帰ってきた。家政婦のマッジには休みをあげ、今夜は自分で料理を作るつもりだった。料理も掃除も不得手ではない。ただ仕事に没頭しがちなものだから、マッジがいなかったら埃《ほこり》だらけの家で空腹のまま寝る夜が多くなってしまうだろう。

食料品の袋をキッチンのカウンターに置き、コートとバッグを放《ほう》ってまずお茶をいれる。スツールに腰かけてお茶を飲むと、満ちたりた吐息がこぼれた。何もかもが申し分なかった。まさにひょうたんから駒《こま》だ。チェイスの友人たちにも気持よく受けいれられ、親きょうだいからも家族の一員と認められている。赤ん坊のことを知ったときのエレインの顔がいまから目にうかぶようだ。もちろん、まず最初にチェイスに報告しなくてはならないけれど。

ターシャは時計に目をやり、急いで夕食の支度に取りかかった。チェイスの好物ばかりを並べて彼を驚かせてやるつもりだった。食器を並べ、ワインを冷蔵庫に入れ、すべての用意が整うと、ターシャはようやく着がえに行った。

チェイスはいつも七時ごろ帰宅するので、再び階下に下りてきても時間はまだたっぷりあった。今夜はチェイスの好きなドレスを着ている。初めて結ばれた晩に着ていた黒のドレスだ。長い夜に備え、香水もつけている。すべてを完璧に演出したかった。

オーブンから肉を出しているときに、外で車の音がした。ターシャは冷やしておいたカクテルグラスを取りだし、いそいそとチェイスを出迎えに行った。チェイスはすぐには気づかなかったが、ターシャのほうは彼の姿をじっくり観察できた。いつもながらその魅力には胸が高鳴ってしまう。たぶんこのときめきは永久に変わらないだろう。ターシャは笑顔で近づいていった。

「おかえりなさい。冷たい飲み物か熱いキスはいかが?」誘いかけるように言うと、チェイスはにっこりした。

「両方ほしいね。ただし順序は逆で」ブリーフケースをドアの横に下ろして言う。

ターシャは二つのグラスをサイドテーブルに置き、彼の首に両腕を巻きつけた。長い情熱的なキスが続き、ようやく離れたときには二人とも息が切れていた。

「わたしにも飲み物が必要だわ」ターシャは弱々しい声で言うと、彼から離れてグラスを取った。

「ベッドで飲むという手もあるよ」チェイスがそそのかすように眉を上げた。もしこのあとの予定がなかったら、ターシャも即座に応じたいところだ。

彼女はかぶりをふった。「もう食事の支度ができてるわ。シャワーを浴びて着がえてらっしゃい」

チェイスはそこで初めてターシャのドレスに気づき、驚きの表情をうかべた。それから食堂をのぞき、キャンドルの明かり以外照明が消されているのを見て生真面目《きまじめ》に尋ねる。「何かのお祝いかい?」

ターシャは彼が懸命に記憶を探るのを見て、ふきだしたいのをなんとかこらえた。「心配いらないわ。

わたしの誕生日を忘れてるわけではないわよ。ただ八カ月目の結婚記念日だから、ちょっと特別にしたかっただけ。あなたの好きなものを作ったわ」

チェイスはグレーの目に熱っぽい色をたたえて言った。「八カ月？　もうそんなになるのか」

「早く着がえてらっしゃい。さもないとせっかくのごちそうが焦げちゃうわ」

チェイスが再び階下に下りてきたときには、料理がテーブルに並んでいた。ターシャは彼が白いシルクのシャツとディナースーツの上着を着てきたことに喜びをかみしめながらワインをついでもらった。

「世界一美しい奥さんに」チェイスがグラスを上げて言った。

「世界一すてきなだんなさまに」ターシャも柔らかな声で応じ、笑顔でグラスを合わせた。

ごちそうを作ったほんとうの理由を打ちあけたのは、食後のコーヒーを飲んでいるときだった。「実はまた室内装飾の業者を頼まなくてはならないの」

ターシャはさりげなく切りだした。

「どうして？」チェイスは顔をしかめた。「この家はもう完璧だと言っていたのに」

そう、でも、いまでは完璧ではなくなったのだ。

「小さいほうの寝室の色を変えたいのよ」

「きみが一カ月もかけてグリーンの色合いを選んだ、あの寝室のことかい？」

ターシャは顔を赤らめた。「ええ、いまになって悪いんだけど、もうあの色ではだめなの」

「で、何色に変えたいんだい？」ため息まじりにチェイスは言った。

「ピンクかブルー」これで気づくだろうか、と思いながらターシャは言う。

ところがチェイスは気づかなかった。「ピンクかブルー？　業者を呼ぶ前にどっちにするか決めておいたほうがいいんじゃないかい？」

ターシャは両手を広げて懇願するように言った。

「だって、まだどっちになるかわからないんだもの、決められないわ」

「何がどっちになるかわからないんだい？」チェイスはちょっといらだちはじめたようだ。

ターシャは初めて頬をゆるめた。「だから、男の子か女の子か、まだわからないってことよ」

チェイスはつかの間茫然《ぼうぜん》と彼女を見つめていたが、やがてその顔に喜びの表情が広がった。「要するに赤ん坊ができたってことかい？」かすれ声で尋ね、ターシャの笑顔でその答えを知ると、片手を差しだした。「こっちにおいで」

ターシャは立ちあがり、テーブルをまわりこんで彼の膝に抱かれた。

「こいつめ、なぜそれならそうと言ってくれないんだ！」

彼の目ににじんだ涙を見ると、ターシャの目にも熱いものがこみあげてきた。「あなたに喜んでもらえるかどうかわからなかったんだもの。いままで子供の話をしたことがなかったから」

「ぼくが喜ばないわけはないだろう？　ああ、子供か！　ほんとうに間違いないんだね？」

「今日病院で確かめてきたわ」

「それじゃきみが遅くまで寝ているようになったのも当然だったんだな。まさかつわりは始まってないだろうね？」

もしわたしがつわりで苦しんでいたのなら、チェイスはそれに気づかなかった自分を一生許さないだろう。「ええ、まだよ」ターシャは急いで安心させた。「ただ、たまに吐き気がするだけ」両手で彼の顔を包みこむ。「業者の件だけど、ほんとうはどうでもいいの。あなたに異存がなければ自分でやりたいわ」

「それじゃぼくにも手伝わせてくれ」

ターシャは彼の肩に頭をもたせかけた。「あなたにできるの？」

チェイスは笑いながらターシャを抱きよせた。

「それはわからないが、挑戦してみるのも面白そうだ。さて、ミセス・コールダー、そろそろベッドに行こうか」

それから数日、家の中は笑いに満ちあふれ、二人は子供が生まれてからのことをあれこれ話しあった。チェイスはターシャを壊れ物のように扱い、ターシャがいい加減にしてほしいと癇癪《かんしゃく》を起こしてようやくふだんの調子に戻した。ターシャの事務所は順調に顧客を増やしており、仕事に追われて帰宅時間がチェイスとそう変わらなくなることもあった。だが、いつでもマッジが健康的な食事をきちんと用意しておいてくれた。

次の木曜日、いつもより遅く帰宅したターシャはマッジの置き手紙を見て、今日彼女が孫娘の何かのお祝いで早く帰ることになっていたのを思い出した。夕食はオーブンの中だと書いてある。ターシャはブリーフケースをクロゼットにしまい、さっそくオーブンの中身をチェックした。そのあと郵便物に目を通しているとき、チェイスの帰ってきた気配がした。ターシャはいそいそと玄関に向かった。

「おかえりなさい、チェイス」いつものように彼のウエストに腕をからみつけると、驚いたことにチェイスはさっと体をかたくした。こわばった表情を見て、ターシャの顔からも笑みが消えた。事務所で何かあったに違いない。「いったいどうしたの？」

チェイスは一瞬目をぎらつかせたが、すぐに表情をなごませてターシャの体に腕をまわした。「何がどうするっていうんだい？」穏やかに言って、彼らしくもない乱暴なキスをした。おかげでターシャの疑念はいっそう強まった。

体を引いてまじまじと顔を見ると、グレーの目には警戒心がみなぎっていた。なぜそんな目で自分を見るのか、わけがわからない。「それをあなたにきいてるのよ」

「ぼくがなんでも知っているわけではないさ。友達にば、ぼくはなんでも持っていると言われるがね。いい家があって、ぼくを愛してくれる美しい妻がいて」チェイスはそこで言葉を切り、探るような目でちらりとターシャを見た。「ぼくを愛しているよね、ターシャ?」

ターシャはとまどいを覚えて眉をひそめた。いったいどうしたというの? 彼がこんなふうに安心させてほしがるなんてただごとではない。「もちろん愛してるわ。あなたも知っているはずよ」静かに答えると、彼は押しやるように荒々しく彼女を放した。ターシャはますます混乱した。「ちょっと、チェイス。ほんとうに何があったの?」

「何があったかって? 今日はクライアントになってくれそうな人物に会った。ただそれだけさ」奇妙な笑い声をあげ、チェイスは居間に入っていった。洋酒棚からスコッチを取り、グラスについで一気に半分近くも喉に流しこむ。

ターシャは困惑して彼を見つめた。彼が新しいクライアントに会うのは少しも珍しいことではない。彼は大きな法律事務所の長なのだ。それとも、その人物と喧嘩《けんか》でもしたのだろうか?

「その人の名前は?」手がかりを求めて尋ねる。

「ジョージ・ターロー」チェイスの声は暗い。

「ターロー?」ターシャは首をひねった。「わたしの知らない人ね」

「映画業界に詳しくなければ知らないだろうな。プロダクションの経営者なんだ。奥さんとニューイングランド観光をしているときに問題が持ちあがり、それで法的なアドバイスをぼくに求めてきたのさ」

「そう」ターシャは相変わらずわけがわからない。

「〝そう〟って、それだけかい？」チェイスは嘲《あざけ》るように言って、すぐに話題を変えた。「ところで、今夜の夕食はあと二人増える。客が来るんだ」

ターシャは目をしばたたいた。「お客さま？」

チェイスはほほえんだが、その微笑は目まで届いてはいない。「ジョージ・ターローと彼の奥さんだよ。きみも会いたがるんじゃないかと思って招待したんだ。ああ……」車のとまる音を聞きつけて言葉をつぐ。「着いたようだ」

どういうことなのか問いつめたかったけれど、ターシャは慌ててキッチンに駆けこんだ。

前もってマッジに電話しておいてくれなかったチェイスを恨みながら、用意されているミートローフや野菜の量を調べていると、玄関のほうで低い話し声がした。ターシャは急いで出迎えに行った。

「ああ、来たね、ダーリン」居間に入っていくとチェイスが優しく言った。ターシャの腕を取り、そばの男に引きあわせる。「紹介しよう。ミスター・ジョージ・ターローだ」ターシャは六十代のずんぐりした男と握手をかわしたが、相手は幽霊でも見るような目で彼女を見つめていた。「そしてこちらが彼の奥さん」チェイスがターシャの体をソファーのほうに向けた。「ナターシャだ」

心の準備をする暇もなかった。ぴったりした赤いドレスを着てソファーに座っているのは予想もしなかった相手、一番会いたくない相手だった。先刻まで完璧と信じていた世界ががらがらと音をたてて崩壊しはじめた。

唯一の救いはナターリャもこちらと同じぐらい驚いていることだ。「ターシャ？」ぱっと背筋を伸ばし、短く叫ぶ。それからチェイスのほうになじるような視線を投げかけた。「あなた、ターシャと結婚したなんてひとことも言わなかったわ！」

このドラマにジョージ・ターローのだみ声が割りこんだ。「双子か！　なんと二人は双子なんだ！」

「しかも、二人ともナターシャと呼ばれているらしい」チェイスが面白そうに言ったが、その実面白がっているのでないことはターシャにはよくわかっていた。彼は激怒している。恐ろしいほど腹を立てている。

ターシャは目をつぶり、取り乱すまいと自分に言い聞かせた。何が起こっても、この恐怖に負けてはいけない。目を開け、力の抜けた脚を無理やり動かして妹に近づいていく。ナタ－リャは不安げな顔をしていた。彼女もどう取り繕ったらいいのかわからないらしい。このドラマの裏で糸を引いているのはチェイスなのだ。

ターシャはなんとか妹に笑いかけた。「わたしはナターシャ。彼女は双子の妹、ナタ－リャよ。でも、ナタ－リャはナターシャと呼ばれるほうが好きなの」男性二人にそう説明し、ナタ－リャの頬にキスする。

「驚いたな、これは。まるで区別がつかんじゃないか」ジョージ・ターローが感心したように言った。

チェイスはターシャの視線をとらえ、ひややかな笑みをうかべた。「髪型は違うよね、ダーリン」

ジョージは室内にみなぎる緊張感に気づいたふうもなく、ずけずけと言った。「そのとおりだ。だが、髪型をのぞくとまったく区別がつかん。たとえ片方がもう一方を名乗ったとしても、誰にもわからんのじゃないかね？」

「まったくだ」チェイスが辛辣《しんらつ》な口調でつぶやき、ターシャは内心たじろいだ。

「わたし、ちょっと料理を見てくるわ」かぼそい声で言うとキッチンに逃げこみ、シンクの縁につかまって体をささえた。

ああ、ばれてしまったのだ！　彼がナタ－リャを連れてきたのはわたしを罰するためだ！

「ちょっと、これはいったいどういうことよ」戸口からナターリャの金切り声がした。

「それはいやというほどはっきりしてるわ」ターシャはふりかえって、胸の悪くなる思いで答えた。

ナターリャはすでに落ち着きを取りもどしたらしく、腰に両手をあててにらみつけていた。「こんな茶番にどういう意味があるっていうの？」

ターシャは胎児を守るようにおなかを腕でかばい、深く息をついた。「チェイスはわたしに思い知らせたかったのよ。わたしがあなたでないことはわかっているんだとね」

「あなたがわたしでないのはあたりまえじゃない！当然、彼にだってわかってるわよ」ナターリャはそこではっとした。「違うの？」ターシャがうつむいたのを見て、声を張りあげた。「いやだ、あなた、彼に言ってなかったのね？　わたしのふりをしていたのね？」そしてキッチンの中をうろうろ歩きはじめた。「どうりで昼間会ったときの態度が変だったわ。わたしに捨てられたことを恨んでいるかと思っていたのに、彼、なんだか茫然としていたのよ。あなたがわたしになりすましていたから、わたしをあなただと思ったのね！」ナターリャは声をあげて笑った。「わたしのほうは夕食に招いてくれるなんてずいぶん寛大なんだと思っていたわ。別の結婚相手が見つかったから、もうわたしを許してくれたんだとね。ところが彼は、わたしと結婚したつもりになっていたのだから実はかんかんだったわけね！」

ターシャはよろよろとシンクから離れた。「そこで笑っているぐらいのことしかできないのなら、もう向こうに行ってよ！」ぴしゃりと言ってオーブンから料理を取りだす。

ナターリャは首をふりながら言った。「いい子ぶりっこのあなたがこんなことをするとはねえ。こうなったら離婚するにもお金はもらえないかもね」

持っていた皿をどんとカウンターに置き、ターシャは妹に向き直った。「わたしはお金がほしくて結婚したんじゃないわ。あなたといっしょにしないでよ！」

ナターリャはカウンターに寄りかかり、姉が震える唇をかみしめるのを眺めた。「ええ、ええ、あなたは本心から彼を愛しているんでしょうよ。でも、ちゃんと打ちあけておくべきだったわね、ターシャ。彼は一生許してくれないわよ」

それこそターシャが最も恐れていることだった。思わず両手で耳をふさぐ。「やめて！　お願いだから言わないで！」

「どうかしたかい？」戸口からチェイスの静かな声がし、二人ともぱっとふりかえった。

「いえ、なんでもないの」ターシャは手を下ろし、しゃがれ声で言った。ナターリャと二人きりで話がしたいのに、チェイスはそう簡単に二人にしてはくれないようだ。今夜はじっと辛抱してこの茶番劇につきあわなければならないのだろう。「食事の支度ができたわ。いま持っていくから、お客さまをダイニングルームにご案内して」

それからの数時間は生涯最悪のひとときとなった。チェイスは何ごともなかったように客をもてなした。実際ナターリャにとっても、このハプニングはたいしたことではなかったのだろう。チェイスの怒りはもっぱら妻のためにとっておかれているのだ。ジョージとナターリャが帰ったら、ほんとうの悪夢が始まるに違いない。ターシャはつとめて自然にふるまいながらも食事が喉を通らず、ワインも赤ん坊のことを考えて小さなグラスに一杯飲んだだけだった。

ナターリャは自分に害が及びそうにないのを知って上機嫌だった。でも、チェイスの目にたたえられた侮蔑《ぶべつ》の色に気づいたら、そう喜んでもいられなかったはずだ。いまの彼にはナターリャの本性が見えているのだ。だが、だからといって妻のほうがましに見えるわけではあるまい。それどころか、わたしとナターリャを同列に考えているに違いない。財産目当ての女、と。若い女がジョージ・ターローのような年寄りと結婚する理由といったら、ほかには考えられないのだから。

明日の朝早い飛行機で西海岸に帰ることになっているからもう失礼する、とジョージが言ったときには、ターシャは心底ほっとした。チェイスは彼らを車のところまで送ったが、ターシャは走り去る車に玄関先から手をふっただけで家の中に戻った。居間に入り、空っぽの暖炉をぼんやり見つめる。

「やっと二人きりになったな」背後からチェイスが嘲るように言った。

ターシャは勇気をふりしぼって彼に向き直った。

「悪かったと思ってるわ」かすれ声で言う。

チェイスは唇をゆがめ、見たこともないような冷たくよそよそしい目を向けた。近づいてきて、指の関節でターシャの頬を撫《な》でるという、いつもどおりのいとおしげなしぐさをわざとらしくやってみせる。

「ぼくのかわいい嘘つきの奥さん、ぼくにばれるはずはないと本気で思っていたのかい?」

そのひややかな声に、ターシャの胸はつぶれそうだった。「お願い、チェイス……」自分が彼を騙《だま》していたわけをどのように説明したらいいのかわからない。

「質問に答えるんだ!」チェイスの鋭い声が飛んだ。「ほんとうに、ばれるはずはないと思っていたのか?」

ターシャは唾《つば》をのみこんだ。嘘がつければいいのだが、もうごまかしようがなかった。「ええ」

チェイスは荒く息を吐き、酒棚のほうに歩いていって酒をついだ。ごくごくと飲んでから、厳しい目でターシャを見る。「自分がきみという女をわかっている気になっていたとはお笑いだよ」

「そんな」ターシャは即座に反論した。「現にあなたはわたしのことがよくわかっているわ」

チェイスは耳ざわりな笑い声をあげた。「いまのぼくにわかるのはきみが嘘つきだってことだけさ」

ターシャは心の震えを見せまいとして深呼吸した。「わたしが嘘をついたのは、そういう目で見られたくなかったからだわ！」必死の思いで叫んだが、不安のあまり泣きたいくらいだ。

チェイスはかたい表情でじっと彼女を見た。「そういう目とはどういう目だい？」嘲るように言う。

ターシャは彼の視線をなんとか正面から受けとめた。「わたしを蔑《さげす》んでいるような目よ」

「鋭いね」冷笑的なその口調にターシャの血が凍りつき、顔が幽霊のように青ざめる。

「チェイス、お願いだから話を聞いて」プライドも捨ててターシャは哀願した。彼を失ってしまったら、プライドも何もあったものではない。

「どんな話があるっていうんだい、スイートハート。きみたち双子が揃《そろ》って金目当ての悪女だという話かい？　二人のうち、どっちのほうがより浅ましいのかな。障害者に縛られるのはごめんだとさっさと見切りをつけた彼女のほうか、それとも思いきってチャンスに賭《か》けたきみのほうか」チェイスは低い声で言って残りの酒を飲みほし、おかわりをついだ。

「そんなんじゃないわ！」ターシャは叫んだ。

「それじゃ、どんななんだい？　言ってみろよ」

ターシャは震える手で髪をかきあげた。「ナターリャは確かにあなたの財産が目的だったわ。でも、わたしは誓って違うのよ！」

チェイスは怪しむように眉を上げた。「ほんとうに？　それじゃぼくをひと目見て恋に落ちたっていうのかい？」

「そのとおりよ」

「ぼくがそんな話を信じると思っているのか？　自分の妹のことで嘘をつくぐらいだから、ほかのことでも嘘を言ってるんじゃないかな？」

ターシャはひっそりと言った。「わたし……あなたを愛したことでは嘘はつけないわ」

「そうかい？　でも、妹のことで嘘をつくのは簡単だったわけだ。妹とはうまくいってない、居所も知らない、と前に言っていたよな」

ターシャは思わず一歩前に踏みだした。「それはほんとうよ！　ナットのすることは感心できないことばかりだわ」

「別人になりすまして結婚するのは感心できることなのかい？」

痛いところをつかれてターシャは一瞬ひるんだ。

「いけないことだとは思ったけれど、あなたを失うのがこわかったのよ」

「金づるを失うのがこわかったんだろう」

ターシャは激しくかぶりをふった。心臓がどきどきして、息もろくにできない。「違うわ！　わたしの気持がわからないの？　もしナットが逃げたことを知ったら、あなたはあの子を憎んだわ。それに、あの子そっくりのわたしのこともね。きっとありのままのわたしを見てはくれなくなる。それがわかっていたから言えなかったのよ」

「だからぼくと結婚するために彼女になりすましていたわけだ」チェイスが冷たく言い放つと、ターシャは絶望したように目を閉じた。彼の言い方では、ずいぶんあざといことをしたように聞こえてしまう。

「最初はあなたが元気になったら話すつもりだったわ。でも、そのうちあなたに恋している自分に気づいて、もっとわたしを知ってもらってから打ちあけることにしたのよ」すがりつくような目でチェイスを見つめる。「実際、あなたも気がついてくれたでしょう? 事故の前につきあっていた女と、事故のあと目の前にいた女とが違うのをわかってくれたじゃないの。そして、あとのほうの女、つまりわたしを愛してくれたんだわ」

チェイスは顔を引きつらせて彼女を見つめかえした。「それなら、なぜそのときに言わなかったんだ?」

彼の口調は険しいが、自分の主張が否定されなかったのはわずかながらも慰めになった。

「もう言う必要はないんじゃないかと思ったのよ。わたしとあなたが愛しあっているのは動かしがたい事実なんだから」

「わざわざ波風を立ててぼくを傷つける必要はないと?」チェイスの言葉には嘲りがこもっており、ターシャの胸は不安で張り裂けそうになった。

「あなたを傷つけるつもりはなかったの。深くあなたを愛していたという以外に言い訳はできないわ」涙声で言う。

チェイスはターシャの顎をとらえて顔を近づけた。

「そういうのは愛とは言わないんだよ、ターシャ。きみは愛という言葉の意味がわかってないんだ」

「わかってるわ! あなたを愛しているんだもの」

チェイスは首をふった。「きみはぼくがほしいだけだ。情熱はあるだろうが、愛とは違う。愛があったら、相手の選択の自由を奪うようなことはしない」

ターシャは胸をつまらせた。彼の側からの見方がいま初めて理解できたような気がした。わたしはとんでもない過ちを犯してしまったのだ。それがわかったいまは、とにかく言葉をつくして彼の感情に訴えかけるしかない。

「愛という言葉の意味はわかっているわ。愛とは、あなたがいないと半分死んだようになってしまうことよ。あなたの声を聞いたり、笑顔を見たりしたときに感じる喜びが、愛だわ。あなたが悲しんでいるときに自分も悲しくなるのが愛。あなたを愛しているから、これからもずっといっしょにいたいのよ」

「ぼくに軽蔑されているのがわかっていても？」チェイスが挑むように言い、ターシャはその残酷な言葉に激しい胸の痛みを覚えた。

「ええ。だって、あなたがわたしを愛していることもわかっているから」かすれた声で言いかえす。

チェイスはぷいと背を向け、窓辺に歩いていって外の闇《やみ》を見すえた。「ぼくがきみを？　信頼のないところにどうして愛が存在しうるんだい？　ぼくはもうきみを信じられなくなってしまったんだよ。これは謝ってすむ問題ではないんだ」

その言葉に打ちのめされ、ターシャは立っていることさえつらくなった。無意識に手を腹部にあて、彼の背中を見つめて問いかけた。「つまり離婚したいということ？」

チェイスは暗い顔でふりかえった。「まず最初にそう考えた。きみからできるだけ遠くに離れたいとね。それから赤ん坊のことが頭にうかんだ」

部屋がぐらりと傾き、ターシャは一瞬気を失いそうになった。「赤ちゃんを始末させたいの？」信じられない思いできく。

たちまちチェイスがいとわしげな表情になった。「ぼくがそんなことをさせると思うのかい？」

ひややかにききかえされ、ターシャの気持はますます落ちこんだ。そう、彼がそんなことをさせたがるわけはない。「ごめんなさい。わたし……」

チェイスはそっけなくさえぎった。「ぼくは子供には二親揃っているべきだという考えなんだ」

「子供のためにいっしょにいようってこと？」ターシャは力なく言った。

「ぼくにはわが子と離れて暮らすつもりはないからね。必要とあらば訴訟を起こしてでもきみと闘う」

「わたしはどうなるの？」彼と争ったら勝てるとは思う。こういう事情ならたいていは母親のほうに有利に運ぶものだ。だが、裁判になったら彼の気持はますます離れていくだろう。

「子供と暮らすためなら結婚生活を続ける覚悟はある。ただし、今後は名ばかりの結婚生活になるだろう。衣食住に不自由はさせない。きみの生活は安泰だ。金なら必要なだけ渡す。だが、かわりにきみはこの家で子供を育てるんだ。公平な取引だろう？ぼくの子供を世話するかわりに、金はいくらでも引きだせるんだから」

ターシャはその案を憤然と蹴《け》るべきだった。でも、この家を出ていったらもう彼とは会えなくなる。この家にとどまったらとどまったで、自分を責めつづけなければならないけれど。

「いますぐ決める必要はない」チェイスは再び窓の外に目をやった。「明日結論を出してくれればいい」

結論はすでに出ていた。ターシャは自分の声を聞いて初めてそうと気がついた。「この家にいるわ」そう言った次の瞬間には、自分は頭がおかしくなったのではないかといぶかった。わざわざこれ以上の苦しみを求めるなんて……。でも、ほかに方法はないのだ。子供を引きとることができても、チェイスを失いたくはない。子供とチェイスの両方がほしかった。

チェイスは顔をゆがめて彼女に背を向けた。「そう言うと思った」グラスを置き、戸口に向かう。「それじゃぼくの荷物は予備の寝室に移すよ」突き放すように言うと、ターシャを残して部屋から出ていった。

ターシャは椅子に腰を落とし、背もたれに頭をもたせかけた。今宵《こよい》受けた衝撃のあまりの大きさに体が震えていた。まるで悪い夢を見ているみたいで、心はずたずたに傷ついている。が、信じられないことに、わずかな希望の光も見えていた。チェイスはわたしをもう愛していないとは言わなかったのだ。

いったん失われてしまった信頼が果たして元に戻るのかどうかはわからないけれど、とにかくできるかぎりのことはやらなくては。彼の愛情が死に絶えてしまったとはとても信じられないのだから。

愛が深すぎて、もうおしまいだと認めたくないだけなのかもしれないけれども。

この先何が自分を待っているのかはわからない。わかるのはこの家にとどまってがんばるしかないということだけ。もうひとつの道は考えるだに耐えられないのだから。

6

チェイスが本気であんなことを言ったのかという疑念がもしターシャにあったとしても、それからの数日でその疑念は吹きとばされてしまった。チェイスは客用の寝室で寝るようになり、朝はターシャが起きだす前に仕事に出かけていった。ターシャは彼に抱かれて眠るのが当然のようになっていたので、ひとりではなかなか寝つけなかった。

食欲も衰え、つわりも始まり、毎日がみじめでつらかったが、それでもなんとか乗りきっていこうと決意をかためた。チェイスが心を閉ざしてしまうまで、こんなに孤独な生活があるとは想像もつかなかった。彼は外で夕食をすませているらしく、毎晩帰りが遅かった。帰宅してからも書斎に閉じこもって出てこない。たまに顔を合わせれば挨拶《あいさつ》ぐらいはするが、態度はいつも冷たくよそよそしかった。でも、チェイスに怒る権利があるのはわかっていたから、ターシャは辛抱しつづけた。

一度、彼の張りめぐらした壁を越えようとしたことがある。日曜日は以前からチェイスにとってくつろぎの日だった。仕事は家庭に持ちこまず、日曜にはターシャとともにプライベートな時間を過ごすのが常だった。

それが変わってしまうことはターシャも覚悟していたが、日曜にまで書斎に閉じこもるとは思っていなかった。そんなに自分を避けたいのかと思うとむしょうに腹が立った。だが、同時に心配もした。わたしを罰するのはいいとしても、そのせいでチェイスが体をこわしては元も子もない。だからある晩彼の書斎に行ったのだった。

顔を上げたチェイスは目のまわりに疲労を色濃くにじませており、ターシャは胸をかきむしられる思いがした。「あなた、働きすぎだわ。今夜はあなたが興味を持ちそうなドキュメンタリー番組があるから、いっしょに見ない？」祈るような思いで言った。チェイスが少しでも歩みよってくれたら、話しあいの余地はあるかもしれない。

「やることがたくさんあるんだ」チェイスはそっけなく言い、また机の上の書類に視線を戻した。

ターシャの目が涙でうるんだ。「わたしといっしょにいるのがそんなにいやなの？　わたし、寂しいのよ」震える声で訴える。

「結婚の誓いに、妻を構ってやるべしという項目はなかったと思うがね」彼は顔も上げずに言った。

「それじゃせめて仕事はやめて。体が心配だわ」

「心配なんかしなくていい。ぼくの健康状態に気を配る責任は免除してやるよ」

ターシャは激しい怒りにとらわれた。「わたしにはあなたを気づかう権利もないってわけ？」

チェイスはようやくターシャの顔を見た。「きみはぼくのことなどどうでもいいんだと思っていたが」

「そう？　なんでもよくわかっておいでなのね！」

ターシャはなんとか感情を抑えこんだ。「いったいいつまでこんなことが続くの？」

「この家にとどまると決めた時点で、きみはこういう生活を受けいれたんだ。金をもらうだけではつまらないのだとしても、それはきみの問題であってぼくの問題ではない。悪いがぼくは仕事を続けさせてもらうよ」チェイスはきっぱりと言い、ターシャはやり場のない憤りを胸に書斎から出た。

それ以来、もう彼に働きかけはしなかった。ターシャにもまだ少しはプライドが残っていた。

家政婦のマッジは二人の生活が変わったことに気づいていたが、翌週の木曜までは何も言わなかった。その晩仕事から帰ってきたターシャは、お茶と話し相手を求めてキッチンに直行した。それが最近の習慣になっていた。ひとりぼっちの時間はマッジが帰ったあとで、いやというほど持てるのだ。

「ずいぶんやつれた顔をしてるのね」マッジがターシャの前に湯気の立つカップを置きながら言った。

「母親になる喜びのせいよ」ターシャは冗談にまぎらわそうとしたが、やせて顔色が悪くなった原因がつわりでなく不安定な結婚生活にあるのだということにはマッジも感づいているようだ。

母親のような年配の家政婦はターシャの言葉を鼻であしらった。「ご主人から夕食は外でとると電話があったわ」そこでいったん口をつぐむ。「誰かがあなたたち二人の目を覚まさせてやらなくちゃならないのよね。こんな状態がおなかの赤ちゃんにいいわけはないんだから」

ターシャは眉を曇らせた。「それはチェイスに言ってちょうだい。彼のほうが口をきいてくれないんだから」

「彼にも言ったけど、大きなお世話だと言われたのよ」マッジはぶっきらぼうに言った。

「ごめんなさい、マッジ」ターシャは謝った。「チェイスは働きすぎで気が立っているのよ」

マッジは意味ありげにターシャを見た。「彼の気が立っている原因はほかにあるはずよ。喧嘩《けんか》しているなら早く仲直りすることね」

ああ、それができたらどんなにいいか！「そう簡単にはいかないのよ」

「簡単ではないでしょうけど、お互い愛しあっているんですもの、できないはずはないわ」マッジは訳知り顔で言った。「二人ともあんなに幸せだったんだから、つまらない喧嘩であの幸せを見失ってはだめよ」

その言葉はターシャの胸にぐさりと突きささった。ちょうど電話が鳴りだしたので、逃げるように居間に向かった。

「もしもし、ターシャ？」エレイン・コールダーの陽気な声が電話線を伝わってきた。「お元気かしら、あなたもおなかの赤ちゃんも？」

そのあたたかな声に、ターシャは久しぶりに心からの笑みをうかべた。「ええ、両方とも元気です」

エレインはターシャの妊娠を知ってから数日おきに電話してくる。

「つわりで苦しんでいるようだとチェイスが心配していたわ」

ターシャはびっくりした。「チェイスが？」

「ええ、このあいだ職場から電話してきて、何か自分にできることはないだろうかときいてきたの」

ターシャはなんと言ったらいいのかわからなかった。冷淡でよそよそしいチェイスがそんな心配をじてくれていたとは驚きだった。「彼、わたしには何も言いませんでしたわ」

エレインは笑い声をあげた。「男ってそんなものよ。心配性のくせして、それを妻に知られるのはいやなんだから！」

確かにチェイスはわたしには知られないようにしている。ターシャは胸の中で皮肉っぽくつぶやいた。いまの話を聞かなかったら、彼は自分に無関心なのだと思いつづけていただろう。それが、そんなふうに心配してくれていたなんて、胸の内がぽっとあたたまったような気がする。こういったささやかな兆候があるから希望の光も消えずにともっているのだ。

それからエレインはつわりを軽くする方法を伝授してくれたうえで、やっと本来の用件を切りだした。

「土曜日のエヴァンとイザベルのパーティのこと、忘れてないでしょうね？　あなたたち二人とも、何日からうちに泊まる約束よ」

そう言われて思い出した。チェイスの弟エヴァンが婚約したというので、この週末はコールダー家に泊まりに行くことになっていたのだ。タイミングは最悪だが、いまさら断るわけにはいかないだろう。

「もちろんうかがいますわ。明日の晩からお邪魔させていただきます」

「よかった、それじゃ楽しみにしているわ。チェイスによろしくね」

ターシャはのろのろと受話器を置いた。チェイスも忘れているだろう。ここしばらく、二人ともパーティどころではなかったのだ。でも、行かずにすますことはできない。それだけは確かだ。チェイスに話をしなくては。でも、どうやって？

ターシャは彼の事務所に電話してみた。だが、チェイスは昼から法廷だと言われて、事務所に戻ったら家に電話するよう伝言を頼んだ。それからずっと連絡を待ちつづけたが、電話はかかってこなかった。

寝室に引きとってからも、ターシャはベッドで本を読んでいた。十二時近くにようやく車の音が聞こえると、急いで絹のローブをはおり、部屋を出た。

階段の上まで来ると、チェイスは玄関に鍵《かぎ》をかけているところだった。疲れたように肩を落としているのを見て、ターシャはその場に立ちどまり、唇をかみしめた。彼も自分に劣らず不幸そうに見える。できるものなら駆けよりたいが、はねつけられるのは目に見えていた。それでも物音をたててしまったのだろう、チェイスが不意にこちらを見あげた。

「どうしたんだ、ターシャ？　気分でも悪いのかい？」眉間《みけん》に皺《しわ》を寄せ、気づかわしげに尋ねる。

「いいえ、わたしは元気よ」ターシャが階段を下りながら安心させるように言うと、彼の表情が気づかわしげなものから冷笑的なものに変わった。

「それなら、こんな遅くまで、どうして起きているんだ？　いや、当ててみようか？　ぼくが恋しがっているものを見せつけようっていうんだろう？」こばかにしたような口調だ。

ターシャの顔が赤くなった——怒りと当惑で。だが動揺は見せまいと、歯を食いしばってぴしゃりと言った。「これ以上あなたに非難がましい目で見られるようなことはしないわ」

「だが、意志が欲求に負けることもあるからね」チェイスはせせら笑った。

「それほど自尊心のない人間ではないわ」ターシャは怒りをこらえて言葉をついだ。「話があるの。事務所の人に電話をしてくれるようにと伝言を頼んだのに、してくれなかったわね」

「事務所には戻らなかったんだ。それに、ぼくたちのあいだに話すことがあるとは思えないがね」

ターシャは胎児を守るように腹部に両手をあてた。

「あなたがわたしといたくないのはわかるけど、用があるんだから仕方がないわ」

「なんだか知らないが、あとにしてくれ」チェイスの口調は取りつく島もない。

「あとって、いつ？　朝はわたしが起きる前に出ていって、夜は寝てからでないと帰ってこないじゃないの」

チェイスの顎がぴくりと引きつった。「仕事が忙しいんだよ」

ターシャはヒステリックに笑った。「わたしを避けているんでしょう？　いったい何をそんなに恐れているの？　わたしに何かされると思ってるの？」

チェイスの頬に赤みがさしたのを見て、慌てて口調をやわらげる。「ああ、もうこんなことはやめましょうよ」

だが、チェイスは険しい顔で言い放った。「ぼくは忙しいんだ。用があるならさっさと言ってくれ」

平手打ちを食らったような痛みに耐えながら、ターシャは背筋を伸ばした。「お義母《かあ》さまから週末のことで確認の電話があったわ。あちらに行く予定になっていること、覚えている？」彼が顔をしかめたところを見ると、やはり忘れていたようだ。

「ぼくは行けない。電話して断ってくれ」

「断れないわよ。土曜には弟さんの婚約披露パーティがあるのよ。わたしたちも出席する約束だわ」

「まいったな！」チェイスは髪をかきむしった。そのしぐさが彼をいっそうセクシーに見せた。

ターシャは、いつでも好きなときに彼にさわれた日々をやるせない思いでふりかえった。いまは彼に触れたい気持を自分でもてあましている。だが、なんとか思考を元に戻して言った。「自分の口から事情を説明する気がないのなら、予定どおり行くしかないわ」

チェイスはじろりとターシャを見てから吐息をついた。「きみは明日、自分で運転していってくれ。ぼくは土曜の朝に列車で行く」

「わたしと車に乗ることさえ我慢ならないわけ？」涙ぐみそうになって、叫ぶように言った。深く傷ついたのを悟られる前に、ターシャは階段を上りはじめた。が、途中でガウンの裾《すそ》に足を取られて床に尻もちをついてしまった。

チェイスがすかさず駆けよってきて、体を起こすのに手を貸してくれた。「大丈夫かい？」心配そうな声だ。

「以前ほど大丈夫ではないわ」皮肉るように言う。目が合って、熱っぽい目に見つめられた瞬間、ターシャはチェイスが自分をまだ愛していると思っていたのが間違いでなかったことを知った。彼は認めないだろうが、その目にはいまも愛の炎が揺らめいている。わたしが彼とのあいだの溝を飛びこえさえすれば、きっと……。

チェイスも同じことを考えたらしく、はじかれたように体を引いた。ターシャがきちんと立てるのを確かめると、さらに距離を広げた。

「足を折られては困るから言っておくが、土曜の朝には大事な証人と会うことになっているんだ」かたい口調だ。「その証人がへたをすると逃げかねないので、土曜の朝はどうしても抜けられないんだ。だからきみに先に行ってもらおうと思ったんだよ。ぼくはその仕事が終わり次第すぐに列車に乗る」

彼の顔を見ただけで、嘘《うそ》ではないのがわかった。ターシャは大袈裟《おおげさ》に騒ぎたててしまった自分自身を呪《のろ》って、顔をしかめた。「わかったわ。それじゃ、あなたの荷物もまとめておきましょうか？」

「ああ、そうしてもらえれば助かる」

ターシャは彼をにらみつけた。「それぐらいのことは妻として当然の務めだわ」

「ぼくたちはもうふつうの夫婦とは違うんだ」チェイスの声はあくまでひややかだ。「だが、ぼくの親の前ではふつうにふるまってくれるだろうね？」

その言葉はターシャの胸をえぐった。「幸せな夫婦のふりをしろってこと？　そんなにわたしを信用していいの？」と嘲《あざけ》る。

チェイスはにやりと笑った。「きみは自分の損になるようなことはしない女だからね」

「やめて！　何度言ったらわかるの？　わたしがほしいのはあなたのお金じゃない、あなた自身なの」

がむしゃらに言ったが、彼の顔つきからして言うだけ時間の無駄だった。「こんな話をしても無駄ね」

ターシャは意気消沈して再び階段を上りはじめた。

「ターシャ？」

「わたし、疲れているの」抑揚のない声音で言う。

睡眠不足のせいばかりでなく、悲しみと徒労感でぐったりしていた。

「引きとめはしないよ。エヴァンへのプレゼントを買ったかどうかききたいだけだ」

「まだよ。明日わたしが何か買っていきましょうか、それともあなたが選ぶ？」

「きみに頼む。きみの判断を信じるよ」チェイスはなにげなく言った。

わたしの愛もそういうふうにあっさり信じてくれたらいいのに、とターシャは思った。「わかったわ」

二階に上がり、部屋に入ると、ベッドに身を投げだして天井をぼんやり見つめた。

いっそ泣けたらいいのに、心の痛みが強すぎて涙も出てこない。未来は暗く荒涼としている。チェイスは自分がいまもわたしを愛していることを決して認めはしないだろう。わたしが彼にもう信じられないと言われながらもこの家にとどまったのは、いずれは信頼を回復できるのではないかと思ったからだ。いずれはわたしを許してくれる、と。でも、永久に許してもらえなかったらどうなるのだろう？

その疑問を胸にかかえたまま、ターシャは翌日エヴァンへのプレゼントを買い、メイン州のコールダー家へと車を走らせた。

ジョンとエレインは湖畔の大きな家に住んでいる。以前は別荘として使っていたのだが、ジョンが引退したあとこちらに引っ越してきたのだ。ターシャも結婚以来何度か訪れているが、ひとりで来たのは今回が初めてだ。

コールダー夫妻はあたたかく迎えてくれたものの、息子の姿がないことにとまどっているようだった。

「彼は明日、証人と会わなければならないんです」ターシャは急いで説明した。

「だからって、身重のあなたをひとりでよこしたの?」エレインが渋い顔をした。「チェイスったら何を考えているのかしら。来たら説教してやらなくちゃ。疲れたでしょう、ターシャ? 早く中に入って。いまお茶をいれるわ」

義母の優しさにじんときて、ターシャは悩みを打ちあけてしまいたくなった。だが、チェイスは家族にはすべてうまくいっていると思わせたいのだ。よきアドバイスがほしいときにそれを求めることができないなんて、ひどくもどかしく、せつなかった。

自分たち夫婦がいつも使わせてもらっている二階の部屋に上がったとき、ターシャはチェイスが大事なことを忘れていることに気がついた。ベッドのことだ。ナターリャが来た晩以来、チェイスはターシャと同じベッドでは寝ていない。だが、この家で寝室を別にしてもらうわけにはいかないだろう。

ターシャの胸に不安と期待があふれだした。チェイスはいまだかつてベッドで自分の感情を隠せたためしがない。自宅で客用寝室に寝ているのもそのせいではないだろうか? 理性が感情に押し流されるのを恐れ、距離を置いてきたのではないか?

だとしたら、これは千載一遇のチャンスではないかしら? セックスで彼の気持を引きもどすのは不本意だけれど、こんなチャンスを見逃すわけにはいかない。

その夜ターシャは夢も見ずに熟睡し、明くる朝はまばゆい日差しで目を覚ました。することはたくさんあって気がまぎれたけれど、それでも彼女は何度となく腕時計に目をやった。チェイスはなかなか現れず、何かあったのではないかと心配になったころ、ようやく電話がかかってきた。

「証人との会見が予定より遅れているんだ」とチェイスは言った。

ターシャは心底がっかりした。エヴァンのためにも自分自身のためにも。「でも、来られることは来られるんでしょう？」そばに来たエレインに肩をすくめてみせながら尋ねる。

「気落ちしているみたいな声だな」電話線を伝わってくる声は相変わらず冷笑的だ。

ターシャは吐息をついた。「現に気落ちしているわ。早く会いたいんですもの」かすれ声で訴える。

「おふくろがそこにいるのかい？」

「ええ。かわりましょうか？」

「いや。きみがそういう甘いことを言うのはおふくろがそばで聞いてるせいじゃないかと思っただけさ」チェイスはせせら笑うように言った。

胸がきゅっと痛んだが、義母の前では言いたいことも言えない。「さっきのは本心よ」無駄と知りつつ、ターシャはぎこちなく言った。

「とにかく、こちらが終わり次第行く。おふくろとエヴァンに謝っておいてくれ」そこで電話は切れ、ターシャはみじめな気持で受話器を見下ろした。

「どうしたの？」エレインが尋ねる。ターシャは慌てて受話器を置くと残念そうにほほえんだ。

「チェイスが遅れるんですって」

エレインは落胆の表情をうかべた。「しようがないわね。弁護士の妻としてはいまさら驚きもしないけど。まあ元気を出して、お茶でも飲みましょう」

夕方になるとチェイスのきょうだいや親戚《しんせき》が続々と集まってきてパーティが始まったが、ターシャがそのにぎやかな雰囲気にとけこむには意識的な努力が必要だった。二時間ほどすると、彼女は静かなところで一息つきたくなった。

ひっそりした書斎に入って吸いよせられるように窓辺に行き、車のヘッドライトが私道を入ってくるのを待った。早くチェイスに来てほしかった。電話があってからもう何時間もたっている。証人の話を聞くのに、こんなに長くかかるものだろうか？

不意に背後で足音が響き、ふりかえるとチェイスの弟エヴァンが笑顔で近づいてきた。

「こんなところにいたのか」ターシャの横に立って外を見る。「まだ兄貴が来る気配はないね」さりげない口調だが、内心がっかりしているに違いない。

「ほんとにいつまで待たせる気かしらね」

エヴァンはにっと笑った。「まあチェイスのことは忘れて、ぼくと踊ろうよ」

ターシャは少年のようなエヴァンの笑顔に微笑を返した。「いいわ。でも、イザベルがいやがらない？」彼と腕を組み、パティオに戻っていった。

「大丈夫。彼女がきみを探しに行けって言ったんだ。ちょっと寂しそうだったからと言ってね」

わたしったら、そんなに気持が顔に出ていたの？「もう〝寂しい〟が〝腹立たしい〟に変わってしまいそうよ」

「まったく早く来ればいいのにね」

「ほんとうにごめんなさいね、エヴァン」小さなダンスフロアに出ながらターシャは謝った。

「いいんだよ。来たら思い知らせてやるから！」

ターシャは笑い声をあげ、エヴァンと組んで踊りはじめた。二曲ほど踊ったあと、二人はイザベルもまじえておしゃべりをした。

それから何分たったのかわからないが、ふとターシャは五感がざわめくような、なじみの感覚を覚えた。チェイスが来たのだ。彼が同じ部屋に入ってくるといつだってすぐにわかる。まるで心のアンテナが彼の発するエネルギーをキャッチするかのようだ。ターシャはふりかえって人ごみを見まわし、こちらをまっすぐに見つめている銀色がかったグレーの目をとらえた。

チェイスのまなざしは強く、ターシャは催眠術にかけられたように目をそらすことができなくなった。心臓がせりあがり、空中に白い火花が散る。それは、互いに自分の半身を瞬時にして見わける本能のなせるわざだった。ターシャはそれが決して一方通行ではないことに、はじけるような喜びを感じた。チェイスもわたしと同じ気持でいるのだ。だからあんな目でわたしを見つめているのだ。

数秒後、彼の姿はダンスをする人々に隠れて見えなくなったが、ターシャの胸にはかすかながら確実に燃えているろうそくの炎のような希望がともっていた。

「チェイスが来たわ」ターシャがそう言うと、エヴァンはぴたりとおしゃべりをやめた。

「どこ?」パティオを見まわし、すでに歩きだしたターシャのあとをイザベルとともに追った。

ビュッフェテーブルの並んだ食堂に入ると――こちらはいくぶん人が少なかった――チェイスが両親と話していた。その姿を見ただけでターシャは胸が苦しくなった。彼女が用意しておいたディナースーツを着ているところを見ると、もう二階の部屋に行ってきたらしい。近づいていくと、彼はターシャ同様自分の半身の存在を感知したように顔を上げた。

「チェイス」

その名前は吐息のように口からこぼれでた。以前いつもしていたように両手を彼の胸に置き、キスを求めて顔をあおむける。その瞬間、グレーの目に冷たい光がまたたき、彼が自分の感情を押し殺そうとするのがわかった。二人が互いに相手のために生まれてきたのだということを認めまいとして、もう心に鎧《よろい》をつけている。

ターシャがそれを見てとったのを察知し、チェイスは暗い笑みをうかべた。「やあ、ターシャ」ささやくような声だが、響きはうつろだ。そっと顔を近づけて唇にキスする。ごく短いキスだったが、ターシャの胸の痛みは長く尾を引いた。

「ずいぶん遅かったじゃないか！」後ろでエヴァンの声がした。

チェイスはターシャをさりげなく押しのけ、弟の背中をたたいた。「ぼくがおまえの大事なパーティに欠席すると思うのか？」

ターシャはきょうだいの絆《きずな》に胸が悪くなるほどの羨望《せんぼう》を覚えた。

「もっと早く来るつもりだったんだが、仕事が長引いてね。それに高速道路で事故があったんだ」

幸福な夫婦を演じなくてはいけないという義務感にとらわれ、ターシャはプライドを守るためにあくまで闘うことにした。チェイスは自分の気持を認めたくないのだろうが、こちらもそう簡単には引きさがれない。

チェイスが家族の前では邪険にできないのがわかっていたから、ターシャは彼の腕に腕をからませた。

「わたしは、てっきりわたしを避けているんだと思ったわ」冗談めかして言ったが、気分は涙を隠して笑っている道化師の心境だった。

チェイスはにやりと笑った。が、その目はターシャの魂胆を見抜いて激怒していることを物語っていた。「ぼくの気持を知りながら、それはないだろう、ダーリン？」やんわりとした口調だ。

ターシャはめげることなく挑発するように言った。

「それじゃ、まだわたしを愛しているのね？」

グレーの目に一瞬怒りがひらめいたが、彼は即座にそれを抑えこみ、さりげなく反撃してきた。「その質問には、あとで二人きりになってからじっくり答えてあげよう」

みんなが笑った。だが、彼がセックスのことをほのめかしているわけでないのを知っているのはターシャだけだった。

「そんなことを言って、はぐらかすつもり？」ターシャはにさらに攻撃をかけた。

「いいや。ぼくだってきみがぼくを愛するのと同じくらいきみを愛しているさ」

その言葉の意味するところは明白だった。彼はわたしの愛をこれっぽっちも信じていない。だから彼のほうもわたしを愛してはいないということなのだ。

でも、ほんとうは違う。ターシャは彼の目をまっすぐ見すえて言った。「あなたがわたしのためなら死をも辞さないとわかって嬉《うれ》しいわ。でも、安心して。まだ死んでほしいとは言わないから！」

チェイスが言いかえすより早く、ジョン・コールダーが息子の肩をたたいた。「どうやらわれわれはお邪魔のようだから、ダンスでもしてくるよ」

「ぼくたちも行くよ、父さん」エヴァンが両親に続いて戸口に向かい、ターシャとチェイスをふりかえった。「それじゃお二人さん、またあとでね」

二人だけになったとたん、偽りの友好的雰囲気は煙のように消えうせた。チェイスはターシャの腕をふりほどき、そばをうろついているウエイターにスコッチをもらってぐいとあおった。

「アルコールの力を借りて勇気を奮いたたせようってわけ？」ターシャは皮肉った。

「不愉快な会話を忘れるためさ」

ターシャは怒りに顔を紅潮させた。「ほんとうに事故なんてあったの？」

チェイスは嘲るような目でターシャを見た。「警察に電話してきいてみたらどうだい？　ぼくが言ってもどうせ信用しないだろう？」

「あなたがろくに口をきいてくれないからだわ」

グレーの目がターシャの青ざめた顔をにらみつける。「ぼくとしては驚異的な忍耐力をもってふるまっているつもりだがね」スコッチを飲みほし、グラスを置く。

「口をきかないことによって？」

チェイスは薄ら笑いをうかべた。「きみを絞め殺さないことによってだよ。さて、ぼくは従弟《いとこ》のアレックスと話をしてこよう」そう言うとさっさと食堂を出ていった。

絶望とすれすれの怒りを胸に、ターシャはチェイスを見送った。彼はかたく心を閉ざしたまま、譲歩する気配もない。孤独がいっそう深く胸に迫ってくる。以前は体だけでなく、心もぴったり寄りそっていたのに。もうあの日々は二度と帰らないのだろうか？　いや、そんなことには耐えられない。

いったいどうしたらいいのかと考えあぐねていると、チェイスの従弟のひとりがダンスに誘いに来た。デイビッドは長身でブロンドのハンサムな若者だが、彼が熱を上げている女性は彼のことなど眼中にないようだ。それでもデイビッドはなかなか魅力的で、落ちこんでいるターシャには彼の誘いが救いになった。

「奥さんを借りても、チェイスが気を悪くしないでくれるといいんだけど」デイビッドはからかうように言いながら、ターシャをダンスフロアのほうに連れていった。

「大丈夫よ」ターシャは苦笑した。「彼はあなたを信じているもの」そしてわずかに表情をかげらせ、心の中でこう続けた——彼が信じてないのは自分の妻だけなのよ。

7

月を映した湖には神秘的な魔力がある。湖面を渡る夏のそよ風に吹かれ、ターシャは不思議とやすらいだ気分に満たされた。パーティが終わってからこの湖を望むベランダに出てきたのは、横になっても眠れないのがわかっていたからだ。

手すりに寄りかかり、水が岸辺を洗う音に耳を傾けながらそっと深呼吸する。

「デイビッドを待っているのかい？」

不意に声をかけられ、ターシャははっとしてふりかえった。目が暗さに慣れてくると、木製の椅子に座っているチェイスの姿が見わけられた。こんな暗いところに、いったいいつからいたのだろう。

「どうなんだ？」その言葉で彼の質問を思い出し、ターシャは眉をひそめた。

「なぜわたしがあなたの従弟《いとこ》を待っていなくちゃならないの？」

「ここでこっそり、またやつといちゃつくためさ」

その言葉にターシャはむっとした。いちゃつく？　わたしはデイビッドとダンスをしただけだ。それをこんなふうに大袈裟《おおげさ》に言うなんて、まるで嫉妬《しっと》しているみたい！　と、その瞬間、心臓がとまりそうになった。ひょっとしたら彼はほんとうに嫉妬しているのかもしれない。これはぜひとも確かめなければ。

唇をなめ、胸をどきどきさせながら、ターシャはクールに言った。「だとしたらなんだというの？」

チェイスは椅子から立ちあがって近づいてきた。スーツの上着を脱ぎ、タイもゆるめている。シャツの袖《そで》をまくりあげた姿がいつも以上に男っぽい。

「だとしたら、自分がまだぼくの妻なのだということとを思い出してもらいたいね」チェイスは放《ほう》りだすように言った。

とたんにターシャの頭はふらつきだした。彼がどういう気持でいるのかはわからないが、少なくともわたしを手放すつもりはないのだ！　ターシャは無表情を保つだけで精いっぱいだった。チェイスはやはり嫉妬している！　でも、自分が発しているメッセージに気づいてないようだから、わたしも慎重に対処しなくては。

「自分があなたの妻だということはわかっているわ、チェイス」淡々と言う。

チェイスは口元をゆがめた。「そうかい？　だが、ぼくの妻でいるだけでは満足できず、デイビッドと火遊びをする気になったんだろう？」

怒りのあまりターシャの息がとまった。チェイスにこんなふうに侮辱されるいわれはない。結婚の誓いに反するようなことは何もしていないのだ。「わたしは誰とも火遊びなんかしてないわ」

チェイスの表情は変わらない。「ぼくの目はごまかせないよ」

ターシャの胸の中で怒りが沸騰した。「やめて、ばかばかしい！　デイビッドにも好きな人がいるし、わたしもあなたひとりを愛しているのよ！」

「きみは愛という言葉を切り札みたいに使うんだな。だが、きみの愛はしょせん口先だけ。ほしいものを手に入れるための道具にすぎないんだ。その舌には蜜《みつ》のように甘い嘘《うそ》がしたたっているのさ」

ターシャはかたく拳《こぶし》を握りしめた。「わたしの愛は嘘ではないわ。ナターリャのことを言えなかったのはあなたを愛していたから、あなたを失うのがこわかったからよ」

「ほんとうの愛があったら嘘などつけないはずだ」

「いいえ、ほんとうの愛があるからこそ、どんなことだってできるんだわ」ターシャは言いつのった。「わ

そのとき一陣の風が吹き、チェイスの前髪がふわりと乱れた。とっさに直してあげようとして、ターシャは手を伸ばした。

同時にチェイスも同じことをしようとし、二人の手がぶつかりあった。その瞬間チェイスははっと息をつめ、二人の手はぴたりと動きをとめた。

ターシャは固唾《かたず》をのんでグレーの目を見つめた。

「ああ、チェイス」ため息とともに呼びかける。

チェイスが苦しげに低く悪態をつき、一瞬目を閉じた。再び開かれた目はターシャをとらえて放さない。ターシャの脈はおかしくなったように速くなり、二人を包む空気がぴんと張りつめた。

ターシャは怒りも忘れ、かすれ声で言った。「わたしがあなたを愛していることはあなたにもわかっているはずだわ」

「なぜきみがこのベランダに出てこなくちゃならなかったんだ」チェイスはうめくように言った。

「あなたのほうから声をかけてきたのよ」ターシャは吐息をついた。「わたしはあなたがいなければ何もできないの」彼の頬をそっと愛撫《あいぶ》する。

「よせ！」

乱暴に手を払いのけられてターシャがよろめくと、すかさずチェイスが抱きとめてくれた。

突然の抱擁にターシャは小さく声をもらし、チェイスは彼女を抱いたまま胸を波打たせて荒く息をついた。ターシャが震えながら顔を上げると、目と目が合った。その目を見ただけで十分だった。口でどれほど否定しようと、彼の理性は崩れかかっている。

「ターシャ」

ささやくようなその声はターシャの全身にしみいった。時がとまり、世界が一瞬にして反転した。彼の顔がゆっくりと近づいてきて、唇が重なる。

たちまち情熱が燃えあがり、二人はひしと抱きあった。二人の心にはもう相手が与えてくれる喜びしかなかった。ターシャにとっては、砂漠の真ん中でオアシスを見つけたようなものだ。チェイスが吹きこんでくれる生命力と喜びはいくら貪《むさぼ》っても足りないくらいだった。ようやく唇が離れたのは、お互い息が切れたからにすぎなかった。

「ばかな！」不意に荒々しくターシャの体は押しやられた。チェイスは自己嫌悪に顔をゆがめ、手すりを握りしめていた。「ぼくはいったい何をしているんだ」うつむいて呼吸を整えながら言う。

ターシャは舌で唇を湿らせた。「わたしを愛そうとしていたのよ」彼女は辛辣《しんらつ》に言い放った。

「いまのは愛とは関係ない」怒ったような声だ。

ターシャは内心たじろいだが、彼の怒りが自分でなく彼自身に向けられていることはわかっていた。

「なんにしても、あなたはわたしがほしかったんだわ」

彼の顎がぴくりと痙攣《けいれん》した。「そのとおりだ」

「わたしもあなたがほしかったのよ、チェイス」

チェイスはスラックスのポケットに手を突っこんだ。「それを聞けばぼくの自己嫌悪が少しは薄れるとでも思っているのかい？」

その残酷な言葉にターシャの顔から血の気が引き、体が震えだした。「ああ、あなたを憎めたらいいのに！」苦痛に耐えてやっとの思いで言うと、素早く身を翻してその場を立ち去った。

彼にはわたしを傷つける方法がいくらでもあるのだ。もし彼を憎むことができたならこんなに傷つかなくてすむだろうに、わたしはまだ彼を愛している。この愛は何があろうと一生変わらないだろう。

ターシャは重いため息をついて寝返りをうった。室内には朝日があふれ、自分と同じベッドにチェイスの寝た形跡がないことを示している。昨夜どこで寝たのかはわからないが、彼がこの寝室を避けたことは不思議でもなんでもない。ベランダであれだけのことを言ったのだから。

チェイスがわたしのせいで自己嫌悪に陥ってしまうなんてやりきれないけれど、でも、昨夜ベッドの上を輾転《てんてん》反側した末に確信したのは、彼もいまだにわたしを求めているということだ。二人のあいだに飛び散る情熱の火花はいまも消えてはいない。それは彼も認めざるを得ないのだ。そしてわたしを求めてしまうということは、まだわたしへの愛が心の奥深いところに残っているということだ。

チェイスはわたしに腹を立てている。実際わたしのしたことは間違っていた。でも、わたしたちの関係が断ち切ることのできない特別なものだということには、彼もきっと気づくはず。その現実に気づければ、またわたしを心おきなく愛するようになってくれるかもしれない……。

そう思いながらターシャは勢いよく起きあがったが、そのとたん吐き気に襲われてバスルームに駆けこんだ。胃が落ち着くと歯を磨き、シャワーを浴びた。白いジーンズにエメラルド色のTシャツを着て、階下でみんなと顔を合わせる心の準備をする。

廊下に出ると、静寂に包みこまれた。家じゅうがしんと静まりかえっていた。居間をのぞいても誰もいない。地球上の最後の人間になったような気分で、カップ一杯のお茶を探しに行った。

日のあたる朝食室は家の裏手に面しており、窓から芝生の庭と湖が見えた。食卓はすでに整えられ、誰かが食事した跡もある。ティーポットはサイドボードの上の保温器にのせられていた。ターシャはさっそく取りに行こうとして、次の瞬間室内の空気が動いた気配にぞくっとした。

おもむろにふりむくと、案の定チェイスがキッチンに通じるドアのところに立っていた。以前なら近づいていって抱きつくところだが、ターシャは強いて目をそらし、ティーポットを手に取った。

「お茶はいかが？」なんとか自然な口調で問いかけたが、彼が近づいてくると手が震えだし、お茶をつぐのもままならない。

すると大きな手が伸びてきて、ターシャの手の上からポットを持ってくれた。「気をつけないとやけどする」チェイスも触れあっている手のぬくもりを意識しているのか、声がかすれている。

例によって脚の力が抜けていき、ターシャは思わず目を閉じた。チェイスはポットを彼女の手から取って、保温器の上に戻した。

ターシャは廊下を近づいてくる足音で目を開け、戸口をふりかえった。エヴァンが入ってきて、チェイスの手がまだポットにかかっているのを見るとにっこりした。

「ぼくにもついでくれるかい、兄貴？」陽気に言ってテーブルにつく。「おはよう、ターシャ。あれ？なんだか疲れた顔をしてるね。それに兄貴も。何かあったのかい？」

「チェイスのことは知らないけど、わたしはつわりのせいだわ」ターシャが正直に答えると、チェイスが小声で悪態をついた。

「座りなさい、ターシャ」チェイスは厳しい声で命じ、ターシャの横顔をじっと見た。「きみのお茶もついであげよう。食べ物は何がいい？」

彼のいたわりがマントのようにあたたかく心をくるみ、ターシャは頬をゆるめて言った。「つわりのときにはバターなしのトーストがいいみたいなの」

エヴァンが引いてくれた椅子に腰かけて言う。

「モーディに作ってもらってくる」チェイスはぶっきらぼうに言いながらティーカップをターシャの前に置き、家政婦のいるキッチンのほうに姿を消した。

「愛想がないね」エヴァンが言った。「知らない人が見たら、義姉《ねえ》さんの妊娠に兄貴はまったく関与してないと思うだろうよ！」

少なくとも赤ん坊の父親が自分だということをチェイスが疑っていない点だけはありがたく思うべきなのだろう。そこまで疑われたら、ターシャとしてもなすすべがない。「彼、自分自身に腹を立てているのよ。わたしの具合が悪いかもしれないってことを忘れていたから」とエヴァンに説明する。

わたしにも腹を立てているんだろうけど、でも、わたしの体調を気にしてくれてはいるのだ。それを思うと、ターシャの希望はいっそうふくらんだ。

「でも、義姉さんは母親になってからますますきれいになったよね。まるで花が咲いたようだ」

ターシャは笑いながらまだ平たい腹部を軽く撫《な》でた。「赤ちゃんはまだ生まれてないのよ。母親になったと言うのは早すぎるわ」

「何が早すぎるって？」チェイスがトーストの皿を持ってきてターシャの前に置き、向かいに腰かけた。

「ターシャは妊娠して花が咲いたようだって話をしていたのさ。なんというか……アリーと同じようなな輝きがある」エヴァンが妹を引きあいに出して説明した。アリスンはもう臨月なのだ。「兄貴もそう思わないかい？」

ターシャは息をこらして夫の顔を見つめた。チェイスはなんと答えるだろう。正直に答えるのか嘘を言ってごまかすのか、そして、自分には本音と嘘の区別がつけられるのだろうか？

チェイスは弟からターシャにと、おもむろに視線を移した。「そう、前以上に美しくなったと思うね」

「ほんとうに？」ターシャはかすれ声で尋ねた。喜びに胸がとどろいている。

「ぼくは嘘は言わないよ」チェイスはそっけなく答え、たちまちターシャの喜びを奪いとった。

ああ、いったいどうしてそんなことが言えるの？片手で与えてくれたものをもう一方の手で取りあげるなんて、あまりに残酷すぎる！

ターシャは荒々しい動きで席を立ち、「ちょっと失礼」とつぶやくと、涙をこらえて廊下に出た。

チェイスが追いかけてきて腕をつかんだ。「待て、いや待ってくれ」ターシャが手をふりほどこうとするのも構わず言葉をつぐ。「悪かったよ。そういう意味ではなかったんだ」

ターシャは彼をにらみつけた。「ほかにどういう意味があるっていうの？」

チェイスは手を離し、首筋をさすった。「さっきの言葉は本心からのものだったんだ。いやみのつもりで言ったわけじゃない」

ターシャは腕組みした。「さっきはたまたまね」

チェイスは歯を食いしばった。「もういいだろう。こうして謝っているんだから」

「謝ってすむ問題？」ターシャは以前彼が言ったせりふをあえて投げつけた。

「それとこれとは話が別だ。ぼくのほうにはきみを傷つけるつもりはなかったんだ」

「わたしだって同じよ。それなのにわたしの言うことには耳を貸さず、自分の言い分だけ一方的に信じろというの？」

チェイスはターシャをにらみつけ、きびすを返して朝食室に戻っていった。ターシャは涙をこぼさないようまばたきした。

すぐに感情的になってしまう自分自身を叱《しか》りつけ、気持が落ち着くとパティオに出た。昨夜のパーティの残骸《ざんがい》はきれいに片づけられており、ターシャはどさりと椅子に腰かけた。

二分もしないうちに、かたわらのテーブルにトーストの皿とティーカップが置かれた。反射的に目を上げるとチェイスのこわばった顔があった。

「きみの朝食だ」

「おなかはすいてないわ」ターシャはつんけんと言

った。

「食べるんだ、ターシャ。きみ自身とおなかの赤ん坊のために。ぼくへの腹いせに自分の体を痛めつけるようなことはしないでくれ」

確かに赤ん坊のためには食べたほうがいいのだろう。ターシャはしぶしぶトーストを取ってかじった。チェイスはそのままパティオの壁に寄りかかり、じっと景色を眺めている。番犬よろしく、わたしが全部食べてしまうまでそばを離れないつもりだ。ターシャはため息をついて椅子にもたれかかった。

「ずいぶん静かだけど、みんなどこに行ったの？」しばらくしてから問いかけた。

チェイスは首をめぐらし、トーストの山が減っているのを見て満足そうな顔をした。「おふくろが朝一番に電話を受けたんだ」

ターシャは目をまるくした。「アリーに赤ちゃんが生まれたのね？」

「男の子だそうだ。おふくろと親父《おやじ》は二時間ほど前に出たから、もう向こうに着くころだろう」

ターシャは微笑をうかべた。「お義母《かあ》さま、興奮してらしたんじゃない？」

チェイスもほほえむ。「はしゃぎまくっていたよ」

「お気の毒なお義父《とう》さま」ターシャがくすりと笑うと、チェイスは楽しげにグレーの目を躍らせた。

「親父だって似たようなものさ。あんな調子で運転して、事故を起こさなければいいんだが」

「わたしたちの子のときには、生まれる前からうちに泊まっていただいたほうがいいわね。事故の心配をしなくてすむように」ターシャがそう言うと二人の目が合い、夫婦らしい連帯感で心と心がごく自然につながった。

ところが、そのとき近くの木立で鳥がひと声鳴き、チェイスは自分がガードを解いていたことに気づいてしまった。体を起こし、つっけんどんに言う。

「それはそのときになってから考えればいい」

せっかくいい雰囲気だったのに……ターシャはやり場のないいらだちにかられたが、カップを手に取り、中身を飲みほしながら気を静めた。「あなたの言うとおりね。朝食に関してもあなたの言ったとおりだったわ。ちゃんとおなかがすいていた」

チェイスは近づいてきて、あいた食器を手に取った。「気分が悪くなっては困るからね」

「ええ、ドクター」とターシャは皮肉った。

チェイスは鋭い目つきで彼女を見た。「冗談ではないんだよ、ターシャ」

その瞬間、ターシャは悟った。彼はわたしが何をしでかすかわからないと恐れているのだ。

「ご心配なく。赤ちゃんをどうにかしたりしないわ」彼女がひややかに言うと、チェイスは深く息を吸いこんだ。

「それはどういう意味だ？」

「あなたに信用されてないのはわかっているけど、おなかの子に悪影響を与えるようなことをわざとする気はないという意味よ」

チェイスの顎がこわばって怒りの兆候を示した。

「きみがそんなことをするとは思ってないよ。ぼくはほんとうにきみの体を気づかって言ったんだ」

その険しい口調で、ターシャは自分が早合点していたことに気がついた。「誤解だったなら謝るわ」かたい声で言う。

チェイスは深々とため息をついた。「わかればいいんだ」そして立ち去ろうとしたが、ふとターシャの顔を見下ろして言う。「ぼくとエヴァンはこれから釣りに行くが、きみひとりで大丈夫かな？」

ターシャはちらりと目を上げたが、彼の表情は読みとれなかった。家にいてほしいと頼んだら、いてくれるだろうか？　いや、そんなことは言わないほうがいい。「大丈夫よ。二人で楽しんでらっしゃい」

チェイスはうなずいた。「何か必要なものがあったらモーディに言うといい。夕食までには戻るよ」

ターシャは一日、木陰で本を読んだりうとうとしたりして過ごした。モーディはチェイスに言われているらしく、ターシャにきちんと昼食をとらせ、暑く長い午後には冷たい飲み物を持ってきてくれた。

夕方になると、家の中に戻ってバスを使い、夕食のための身支度をすませた。そのとき、ドアがノックされた。ターシャはドアを開け、エヴァンの顔を見てにっこりした。「あら、おかえりなさい。釣りは楽しかった?」

「うん、楽しかったよ。帰りに町のバーにも寄ったんだ。そこでチェイスは古い友達にばったり会ってね。ぼくはイザベルとのデートがあるから帰ってきたけど、兄貴はその友達と食事してくるから義姉さんに伝えてくれって。きっとわかってくれるはずだからってね」

それを聞いてターシャの頭にぱっとひらめいたことがあった。チェイスは相変わらずわたしを避けているけれど、それはわたしが考えていたような理由からではない。昨夜キスされなければ、わたしも気づかなかっただろう。彼はわたしといるのが不安なのだ。両親も留守で弟も出かけてしまうとなると、今夜はわたしとチェイスの二人きりになる。そうなったら何が起こるかわからない。だから彼は逃げだしたのだ!

「そう。伝えてくれてありがとう、エヴァン。それじゃイザベルによろしくね」ターシャは静かに言い、ドアを閉めると早鐘を打っている胸に手をあてた。この数日、希望と絶望のあいだを激しく揺れ動いていたけれど、自分の気持が彼に通じているとわかったのは大きな慰めになった。チェイスも今夜は逃げおおせることができるかもしれないが、そういつまでも逃げてはいられないはずだ。

自信を持てたおかげで、ターシャは平静な気持でひとりぼっちの食事をすませ、そのあと二時間ほどテレビを見た。その番組が終わってもチェイスは帰ってこなかったが、彼女は早めに寝ることにした。

ところが眠りはなかなか訪れず、眠ろうとすればするほど頭が冴《さ》えてしまう。まだチェイスの帰ってきた気配がしないせいだ。ベッドの上をさんざん輾転としたあげく、ターシャはついにあきらめて何かあたたかい飲み物を作ることにした。

ネグリジェの上から薄手のローブをはおり、裸足《はだし》で廊下に出て階下に下りていった。キッチンの明かりをつけ、十分後にはテーブルの前に座って湯気の立つホットチョコレートを飲んでいた。

そして、勝手口のドアの開く音に、彼女はぱっと顔を上げた。

「今夜はずいぶん遅くまでいるんだね、モーディ」チェイスは疲れた声で言ってから、ようやくふりむき、キッチンにいるのが家政婦でなくターシャであることを知った。薄いローブ姿のターシャに目を奪われ、ドアを背にして立ちすくんでいる。

二人ともぴくりとも動かない。

チェイスは不意をつかれて心の準備をする暇がなかったようだ。「きみはもう寝ていると思っていた」冷たい声だが、ターシャを見つめる目は熱く燃えている。

ターシャはマグを置いた。いまのチェイスが自分でも不本意な感情に翻弄《ほんろう》されているのがわかって、胸が音高くとどろいていた。「もう寝ていてほしかったという意味でしょう？」嘲《あざけ》るように言う。

「ああ、そのとおりだ」チェイスはしぶしぶ言い、緊張を解きほぐそうとするように首をさすった。

「こんな時間までどうして起きていたんだ？」

「眠れなかったのよ。ひとりではなかなか寝つけないの」ターシャは正直に言い、彼の目に火花が散るのを見た。

「いい加減にしろよ、ターシャ。きみは自分からわざわざ傷つこうとしている」チェイスはのろのろと近づいてきて、シンクにもたれかかった。

ターシャは彼をひたと見すえた。「これ以上どう傷つくっていうの？　あなたに拒絶されただけで、わたしはもうずたずただわ」

チェイスは苦しげに顔をしかめた。「ぼくにどうしろというんだ」

「わたしを愛してほしいの」ターシャがかすれ声で言うと、とたんに彼は背筋を伸ばした。

「きみにはプライドってものがないのか？」

プライドを重んじなければならないときも確かにあるけれど、いまは違う。「ええ。プライドはわたしを抱きしめてあたためてはくれないわ」

チェイスの表情がますます険しくなった。「ぼくにはきみが求めるものは与えてあげられない」

ターシャの目が怒りにきらめいた。「与えてくれる気がないってことね」

「もうよせ、ターシャ」警告するような口調だ。

だが、ターシャは首をふった。「よさないわ」

「きみはばかだ」

彼を見あげ、最大の武器を繰りだす。「ばかでもなんでも、あなただって自覚しているはずだわ。あなたはわたしを抱きたいのよ」

チェイスはしゃがれた笑い声をあげた。「ぼくも生身の男だし、きみとのセックスはいつもよかったからね」

ターシャはその言葉にひるんだが、胸の痛みをこらえて反駁《はんばく》した。「わたしたちの関係をおとしめないで。二人のあいだにあったのはただのセックスなんかじゃない。わたしたちは、愛しあったのよ」

「愛とは便利な言葉だ」

二人は無言でにらみあった。

「一歩も譲る気はないの？」ターシャは顔をこわばらせて言いながら、手を伸ばして彼に触れたいのをやっとの思いで我慢した。そんなことをしても、はねつけられるだけだ。チェイスの意志はかたいのだ。わたしを信頼できないのだから、愛するつもりもないのだ。精神的にも肉体的にも。

「きみのしたことを忘れるわけにはいかない」チェイスは短く言った。

ターシャのまつげが震えた。「それに、許すつもりもないのね。だったらわたしはどうなるの？　いつまでこんなことを続ける気なの？」

「信じられるようになるまで」

「何を？　わたしを？　どうしたらわたしを信じられるようになるのか教えてよ。わたし、なんでもするわ」必死の思いで言いつのる。「あなたを取りもどすためならなんでもする。ほんとうよ」

チェイスは近づいてきてターシャの肩をつかみ、立ちあがらせた。「ぼくは何もしてほしくないんだよ！　ぼくは……」そこでターシャに近よりすぎたことに気づいて言葉を切り、彼はぎゅっと目をつぶった。一瞬肩をつかんだ手に力がこめられたが、次の瞬間チェイスはターシャを押しやり、くるりと背を向けた。

ターシャは唇をかみ、おずおずと彼のほうに手を伸ばした。「チェイス……」

チェイスは勢いよくふりむいてうなるように言った。「さわるな！」

ターシャはわが身を抱きしめた。「わたしを拒絶しないで」

「拒絶しなければならないんだよ。仕方がないんだ」チェイスの口調は、ターシャにというより、自分自身に言いきかせているかのようだった。

「なぜなの？　あなたもわたしがほしいのに」

意外にも彼は笑い声をあげた。「まったく、きみって女はあきらめが悪いな」

ターシャの頬がかすかに赤らんだ。「あなたのことはあきらめないわ。どうしてもあきらめさせたいのならわたしを殺すしかないわよ」それは嘘でも誇張でもない。掛け値なしの真実だった。

チェイスは彼女を見つめてため息をついた。「ぼくがどれほどどきみにキスしたいか、わかるかい?」せつなそうにささやく。

「わかるわ」ターシャはささやきかえした。彼も自分も切実に相手を求めているのだ。

チェイスの手が、それ自体意志を持ったもののように動いて、指先がそっとターシャの頬に触れた。その焼きごてのような感触に、ターシャは息をとめ、グレーの目を見つめた。その目には彼の心の葛藤《かっとう》が如実に表れているが、彼の喉元がぴくりと動いた瞬間、かたい決意が欲求に打ち負かされたのを感じ、ターシャは彼の胸に両手を置いた。

「あとで自己嫌悪に陥るわよ」彼のぬくもりを痛いほど意識しながら言う。

「わかってる」チェイスがやんわりと言って顔を近づけてくると、ターシャの膝から力が抜けていった。

「きっとわたしを責めるわ」

「かも知れないが、もう我慢できないんだ」チェイスはうめくように言って、唇を触れあわせた。

ターシャはもう彼に責められても構わなかった。唇が重なったとたん世界がまわりだし、舌が触れあうとわれを忘れて喜びの吐息をもらした。

もう何も考えられなかった。たくましい腕に抱きすくめられ、身を震わせながら彼の首筋に手を這《は》わせる。キスは一度ではすまなかった。二度、三度と求めあうごとに熱がこもり、互いの心臓の鼓動がはっきりわかるほど激しくなった。二人の情熱はもうはじけそうなほど高まっている。

と、突然チェイスが悪態をつき、至福のくちづけが中断された。ターシャは当惑して彼を見あげた。グレーの目からは情熱が消えうせ、かわりに自己嫌悪の色がたたえられていた。覚悟していたこととはいえ、ターシャの胸はきりきりと痛みだした。

「きみの言ったとおりだ。こんなことをすべきではなかった」チェイスは顔を引きつらせて言った。

「わたしは後悔してないわ」ターシャはなんとかほほえんでみせた。

チェイスはぎゅっと眉根を寄せた。「こんなことをしてもなんにもならないんだよ、ターシャ」

ターシャの胸に不安が押しよせた。「どういう意味？」

チェイスは体を引いて二人のあいだの距離を広げた。「きみの体がいかに魅力的であろうと、それを利用してぼくの気持を変えることはできないんだ」

ターシャの顔が赤く染まった。「わたし、そんなつもりはなかったわ」

チェイスはじろりと彼女を見た。「ほんとうに？」

ターシャはぐっと息をのんだ。むろんほんとうは体を武器にするつもりだったのだ。それ以外に武器はないのだから。が、つんと顎を突きだし、挑むように言う。「それがいけないっていうの？」

チェイスはかぶりをふった。「たぶん、ぼくがきみでも同じことをするだろう」

ターシャは唇をゆがめた。「でも、あなただったら最初からこういう立場に身を置くようなことはしないんでしょう？」チェイスの返事は聞くまでもない。顔を見ただけで十分だった。不意に涙がこみあげてきた。「要するに、もうだめだってことなのね」

やはりもうおしまいなのだ。その現実が鉛のように重く胸にのしかかってきた。

ターシャの苦しそうな顔を見つめ、チェイスは気づかわしげに言った。「そんなに興奮してはいけないよ」

ターシャはかすれた笑い声をあげた。「あなたはわたしを世界一幸せな女にすることができるのに……。ほんの少しの言葉で」こぼれだした涙を手の甲でぬぐう。

「いまのきみは混乱しているんだ」

やっぱりだめだ。彼にはわかってもらえない。

「あなたを愛しているのよ！」ターシャはそう叫んだが、彼の目にはまた鎧戸《よろいど》が下りている。「でも、どれほど愛してもどうにもならないのね？」

チェイスは口元をこわばらせた。「そうだ。かえって事態が悪くなるだけだ」そしてかたい表情のまま顔をそむけた。「もう寝なさい」そう言ったきり、ふりかえりもせずに勝手口から出ていった。

ターシャは閉められたドアを凝然と見つめた。もう何をしようが無駄なのだ。たとえ何十年結婚生活を続けようと、チェイスの心を取りもどすことはできない。わたしは賭《かけ》に負けたのだ。

8

ターシャはチェイスがエヴァンと笑いあっているのを見ながら、そののびやかな笑い声に胸をしめつけられる思いがした。ジーンズにカーキのシャツを着た今日の彼はいつにもまして魅力的で、見ただけで体の芯《しん》が震えだす。わたしをこんな気持にさせられるのはチェイスだけだ。これまでも、これからも。

ターシャはため息をつき、またシンクの皿を洗いはじめた。今日は午後からモーディが休みなので、ターシャとイザベルが四人分の食事の後片づけをしていた。

「よけいなお世話かもしれないけど……」イザベルが皿を拭《ふ》きながら言った。「わたしでよかったら相談に乗るわよ、ターシャ」

ターシャはぎくりとしたが、目を伏せてとぼけた。

「なんの話?」

「何か悩みがあるんでしょう?」イザベルは優しく言った。「いえ、別にみえみえだってわけじゃないのよ。単なる女の勘だわ。恋する女の勘よ。わたしでよかったら力になりたいと思って」

ターシャはすぐには返事ができず、庭でキャッチボールをしている二人の男に目をやった。「気持は嬉《うれ》しいけど、あなたに力になってもらえるようなことではないの」

イザベルは眉を上げた。「でも……」

「ほんとうなのよ。わたしとチェイスでなければ解決できない問題なの。でも、できればほかの人には何も言わないでね」

「それはもちろん」とイザベルは言った。「だいいちエヴァンは気づきもしないでしょうよ。彼ってほんとに単純なんだから」

ターシャは表情をやわらげた。単純なのは血筋なのかもしれない、と思いながら再び窓の外に視線を移す。チェイスの場合は、その単純さが強情につながっているのだろう。

ターシャの物思いは電話のベルで断ち切られた。

「わたしが出るわ」イザベルがドアのそばの電話機に駆けよった。ちょっとのあいだ相手の話に耳を傾けてから、眉をひそめて勝手口に向かう。

「あなたによ、エヴァン」兄と弟がいっしょに家に戻ってきた。「チャーリー・ハミルトンから」イザベルの言葉に、エヴァンは急いで受話器を取った。

ターシャは思わず手を休めた。チャーリー・ハミルトンが何者なのかはわからないが、ほかの三人の反応からしてただの友達ではなさそうだ。その直感はエヴァンが電話を切ったあとで正しかったことがわかった。

「男の子が行方不明になったそうだ。家族でキャンプをしていたんだが、二時間ほど前に姿を消している。もう捜索隊が出ているんだけど、チャーリーがぼくたちにも湖の向こう岸を探してほしいって」

「書斎から携帯電話を持ってこよう」チェイスが戸口に向かいながら言った。「二手に分かれたほうが広い範囲を捜索できるだろう」

イザベルがふきんを放《ほう》りだした。「わたしも行くわ。大勢で探したほうが見つけやすいもの」

ターシャも手をふって水を切り、シンクの前から離れた。「靴をはきかえてくるから待ってて」きっぱり言うと、ほかの三人がいっせいに彼女を見た。

チェイスが首をふって言った。「きみはだめだ。うちで待ってなさい」

ターシャはつんと顎を上げた。「あなたの指図は受けないわ。わたしも捜索に加わりたいのよ」

「これは遊びではないんだ。子供を探しに行くのに、きみの面倒まで見きれない」

さも足手まといだと言わんばかりのその言い草に、ターシャは拳《こぶし》を握りしめた。「妊婦だからって、あなたに面倒見てもらう必要はないわ。足手まといにはならないわよ」

「だめだ。こんなところできみと議論している暇はないんだ。きみは家に残る。それで決まりだ」

チェイスは冷たく言い放ち、ターシャは怒りを胸にたぎらせた。わたしの考えは間違っていた。彼はわたしが足手まといなのではない。単にいっしょにいたくないだけなのだ！　でも、このままではすまさない。

ほかの三人が打ちあわせをしてるあいだにターシャは二階に上がった。あきらめたと見せかけて、こっそりあとを追うのだ。靴をはきかえ、チェイスたちが出発するのを待って、すぐに階下に駆けおりた。

勝手口から外に出て、芝生を横切り、船着き場まで行くと、三人を乗せたボートがちょうど出ていったところだった。ターシャは桟橋に残っていた小型モーターボートに乗りこみ、エンジンをかけた。その音で初めて三人がふりかえった。

チェイスの仏頂面を見て、ターシャは意地の悪い喜びを感じた。どんなに腹が立っても、ここまで来ては追いかえせまい。いい気味だ。

三人は向こう岸の船着き場でターシャを待っていた。チェイスが背をかがめてボートをつないでくれたが、内心激怒しているのがひしひしと感じられる。案の定、体を起こしてターシャとまともに目を合わせたときには、グレーの瞳の奥に怒りがみなぎっていた。

「いったいどういうつもりだ?」厳しい口調で言いながらも、ターシャがボートから降りるのに手を貸す。「こんなことをしている暇はないんだぞ」

「だったら、つべこべ言わずに早く捜索を始めましょうよ」ターシャは言いかえした。「だいいち、三人より四人で探したほうが早いに決まってるわ」

「彼女の言うとおりよ、チェイス」イザベルがにっこり笑って味方についてくれた。

一瞬その場が静まりかえり、グレーの目とブルーの目が火花を散らした。

「それじゃ、ぼくといっしょに来い」チェイスはぶっきらぼうに言った。

エヴァンがターシャに、にやっと笑いかけた。

「まったく無愛想なんだから」

「ぼくたちは西を探すから、そっちは東に行ってくれ」チェイスはエヴァンに言った。「お互い何か発見があったら連絡しあおう」そしてかろうじて道とわかる程度の小道を西のほうへ、先に立って歩きだした。ターシャはほかの二人に手をふってチェイスのあとに続いた。

沈黙がこんなに重苦しくなかったら、そして自分たちの使命がこんなに差し迫ったものでなかったら、ターシャの気持はもっとはずんでいただろう。木漏れ日が湖面にきらめいてまばゆい光を放っている。

「自分の頭のよさが、さぞかし得意なんだろうな」しばらくしてチェイスが苦々しげに言った。

「全然。わたしはただ手伝いたかっただけだし、あなたが来るなと言うことに正当な理由があるとは思えなかったのよ」

チェイスは両手を腰にあてて立ちどまり、鋭い目でターシャを見た。「理由があるとは思えなかったって？」

ターシャも正面切って彼を見すえた。「わたしといたくないなどというのは、こういう場合正当な理由にはならないと思うわ」

チェイスの顔を奇妙な表情がよぎった。「同感だね。人の命を救うためなら、ぼくだって最悪の敵とでも手を組む」

ターシャはきょとんとした。「だったらなぜ……」

チェイスは空を見あげて吐息をついた。「なぜなら、きみはまだつわりがおさまってないし、睡眠も十分とれてないからだ。体調のいい人間にとってもこういう捜索はかなり骨が折れる」

ターシャは自分が早合点していたことに気づいて唇をかんだ。彼はわたしの身を気づかってくれていたのだ。それなのに勝手に邪推してこんなところまで追いかけてきて、これではほんとうに足手まといになりかねない。

ターシャはため息をついた。「わたし、戻るわ」

「いや、ここまで来たからにはぼくといっしょにいたほうがいい」

ターシャは驚くと同時に嬉しくなった。「わかったわ」あまり気のきいた返事とはいえないが、つぶやくように言った。

そうと決まると、二人はまた歩きだした。子供がこんな遠くまで来たとは思えないけれど、それでも歩きながら抜かりなく周囲に目を配る。

「あなたも疲れがたまっているはずだわ」ターシャは言った。「ここに来てから、夜はどこで寝ているの？」

チェイスは肩をすくめた。「あずまやだよ」

そんなことだろうと思った。「あそこの木のベンチじゃ寝心地はよくないでしょうね」

「ああ。背中にできた跡をきみにも見せてやりたいよ」チェイスは恨めしげに言ってターシャを笑わせた。目と目が合った瞬間、突如としてまわりの空気が変わった。

「ほんとうに見せてほしいわ」ターシャは小さな声で言った。チェイスとの距離は一メートル足らず。その距離をつめるのは恐ろしく簡単だ。でも、いまのターシャにそんな勇気はない。いままで何度も何度も拒絶されてきたのだ。今度動くとしたら彼のほうでなくては。

ターシャが心から愛した危険な輝きが、久々に彼の目に宿った。「きみに見てもらったら治るかな？」思わせぶりに問いかける。

「もちろんよ」ターシャはかすれ声で答えた。チャンスをくれさえすれば、わたしはすべてを元どおりに直せるのよ。だからどうかわたしを信じて。

だがその祈りもむなしく、輝きは見る間に色あせ、不信の光に変わっていった。つかの間彼の頭から追いやられていた不快な記憶が、また戻ってきたのだ。

「先を急いだほうがいいんじゃない？」ターシャは彼に背を向け、ぎこちなく言った。

わずかに遅れてチェイスの歩きだす気配がした。

「ああ、そうだな」そっけない口調だった。

再び二人のあいだに溝ができ、分岐点で道を教えるときにもチェイスは手さえ触れないよう用心していた。三十分ほど黙々と歩くうちに道はだんだん険しくなり、湖にそそぐ谷川に近づいていった。

チェイスが立ちどまって言った。「この川を越えるにはもっと奥に入らなければならない。奥のほうなら流れが細くなって渡りやすいだろう」

ターシャは近くの倒木に腰を下ろした。「まさか、子供がこんな遠くまでは来ないでしょう？」

「とは思うが、子供はときどきぎょっとするようなことをしでかすからね」ターシャが心配そうな顔をしたのを見て、チェイスは急いで表情をやわらげた。「心配いらないよ。おおかたどこかで眠りこんでいるんだろう。チャーリーがぼくたちにこのへんを探すように頼んできたのはあくまで念のためさ。きっと無駄足に終わるだろうよ」

「親御さんは心配してるでしょうね」ターシャは親の気持を思って、無意識に腹部に手をやった。

「いまは無事に手元に取りもどすためならなんでも投げだすだろうね。そして実際に帰ってきたら安堵《あんど》のあまり泣きだすんだ。それからこんなに心配させたばか息子を殺してやりたいと思うだろうよ」

「それはあなたの経験から？」ターシャは笑いながらからかうように言った。子供のころのチェイスはさぞわんぱくだったに違いない。

チェイスも声をあげて笑った。「まあ人並みに心配はかけてきたね。特に夏、ここに来たときはね」

「どうりでこのあたりをよく知っているわけね」

チェイスはなつかしそうにほほえんだ。「よく森をうろつきまわったよ。この道は歩きやすいほうだが、おふくろが知ったら白髪になってしまいそうな危険なところにも入りこんだものだ」

ターシャは目をくるりとさせた。「お義母《かあ》さまには内緒にしてたのね？」

「外出禁止を命じられてしまうからね」

「それはそうね」ターシャはくすりと笑った。

チェイスは肩をすくめた。「ぼくにも屈託のない幸せな時期があったというわけさ」

「ええ、誰にも幸せな時期はあるんだわ」ターシャがそう応じた瞬間、二人とも彼女がナターリャでないとばれる以前の日々を思い出した。気づまりな沈黙が続き、その静けさの中で携帯電話が鳴り響いた。

チェイスはきびきびと応答し、電話を切ると言った。「子供が見つかった。ライリーの納屋で眠っているところを発見したそうだ。これから親元に送り届けるって」ほっとしたように言葉をつぐ。「エヴァンにも報告してやらなくては」

ターシャはそのときまで自分がこんなに緊張していたとは気づかなかった。いまその緊張が解け、体からどっと力が抜けていくような気がした。空をあおぎ、木の葉の天蓋《てんがい》に日の光が戯れるのを眺める。ここはほんとうにのどかで、このまま引っくりかえったら眠ってしまえそうな気がする。

「彼らは帰途につくそうだ」

チェイスの声に物思いを打ち破られ、ターシャはしぶしぶ言った。「わたしたちも帰らなきゃいけないんでしょうね」

チェイスは何か思案するような顔でターシャをじっと見た。「もう少ししたらね。おいで」

彼がまだいっしょにいようと言ってくれたことに驚いて、ターシャは元気よく立ちあがった。「どこに行くの？」

チェイスの口元にかすかな笑みが漂った。「すぐにわかるよ」そう言うと、先に立って歩きだす。

ターシャは興味津々でついていった。十分もしないうちに、二人は日あたりのいい野原に出た。水が岩にあたる音を聞きつけ、野原を横切っていくと、小さな滝が見下ろせた。水面に躍る陽光がきらきらと目を射る。

「きれいだわ」ターシャがうっとりしてつぶやくと、チェイスが笑顔で彼女を見た。

「きっと喜んでくれると思った」

ターシャは胸がいっぱいになった。ええ、嬉しいわ。特にあなたの発しているメッセージが。ここはチェイスにとって特別な場所であり、そう簡単に他人に教えはしないのだろう。でも、わたしには教えてくれた。きっとわたしとの関係に未来を見ているからよね？ これは吉兆なのよね？

ターシャはにっこりと彼に笑いかけた。「連れてきてくれてありがとう」

チェイスはしゃがれ声で答えた。「喜んでもらえてよかった」二人の視線が熱い思いをたたえてからみあう。

だが、お互い暗黙の了解があったかのように、すぐに目をそらし、ターシャは彼が二人のあいだの溝を飛び越えて抱きしめてくれたらいいのにと思わずにはいられなかった。のろのろと草地に腰を下ろし、目の隅でチェイスが立ち木にもたれかかるのを見る。

彼は腕組みして、水の流れに目をやった。

その横顔には暗い翳《かげ》があった。彼も幸福ではないのだ。いまのわたしたちのありかたに、わたし同様苦しんでいるのだ。

「何を考えているの？」ターシャは思わず声をかけた。

チェイスがこちらを向いた。「たいしたことじゃないよ」

「それは人それぞれの見方によるわ」ターシャはそっと言った。チェイスのそばに行き、大丈夫、もう何も心配いらないわ、と慰めてあげたいけれど、彼にそれを受けとめる準備ができるまでは自重しなくては。

「どうしても知りたい？」チェイスが挑むように言った。

ターシャは肩をすくめた。「いまあなたが考えていることを教えてもらうためなら、ひと財産使ってもいいくらいだわ」

「それがいやな考えでも?」

彼の言葉にターシャはぞっとした。が、それでも声をあげて笑ってみせた。「その場合には中身はわかっているわ。いやな考えならわたしのことに決まってる」

チェイスは顔をしかめた。「そんなふうに思っているのかい?」

「違うの?」ターシャは眉を上げた。

「少しは当たっているが」チェイスは真面目《まじめ》な口調で答えた。「きみのこともあるけれど、そればかりでもないんだ」

「いやな部分がわたしのことってわけね」

「いや、さっき考えていたのは、笑うときみの顔はぱっと明るくなるってことだよ。目がサファイアのようにきらめく」

その言葉にターシャの心臓は飛びはね、息が苦しくなってきた。「そんなことを言われたら、わたしもあなたの笑顔は罪作りなほど魅力的だと言わざるを得ないわ」

チェイスは立ち木から体を起こしたが、一歩近いただけで足をとめ、深々と息を吸いこんだ。「そういうせりふならぜひ言ってほしいね」

ターシャは一瞬目をつぶった。「ねえ、わたしたちがこんなふうになってしまったなんて、誰かが冗談のつもりでからかっているだけのような気がするわ。あまり面白い冗談ではないけれど」顔を空に向け、ため息まじりに言う。

「ぼくも最近ではすっかりユーモアをなくしてしまったよ」チェイスが自嘲《じちょう》的に言った。「だが、きみを無視するのは雨を上に降らせるようなものなんだ。要するに不可能なんだよ!」

ターシャは自分たちのやりとりに胸をつまらせた。とうとう心が通いはじめたのだ。どうかおかしなことを口走って台なしにしてしまいませんように。

「わたしにとっては、いつまでも覚めない悪夢を見ているようなものだわ」

「それはお互いさまだ」彼は皮肉めかして言い、ちらりとターシャを見た。一瞬、二人の目が同じ苦しみをわかちあっている者同士の苦い共感で結ばれた。

チェイスは吐息をついて首をさすり、シャツの胸元から日焼けした肌をのぞかせた。

沈黙が続き、あたりには水音と鳥の声だけが響きわたった。互いに二人のあいだを流れる電気にも似た力を強く意識している。チェイスが凝りをほぐそうとするように肩を上下させると、ターシャは心の中でうめいた。ああ、彼は何もかもが魅力的だ。腕をまわせばその腕の中に飛びこんでいきたくなる。笑みをうかべれば唇を触れあわせたくなってしまう。

「そろそろ戻ろう」チェイスはそう言うと、ターシャに近づいて立たせようと片手を差しだした。

彼の手のぬくもりにしびれるようなうずきを感じたが、もう自分から働きかけるのはやめようと決めていたから、ターシャはさっさと体の向きを変えた。だが、驚いたことにいきなり手を引っぱられ、バランスを崩してよろけた次の瞬間には彼の腕に抱きとめられていた。

頬がチェイスの喉元に触れ、胸が激しく鼓動をきざみだした。彼のシャツをつかんだまま身じろぎもできない。チェイスの胸も早鐘を打っており、その体からは男らしい匂《にお》いが立ちのぼっている。その圧倒的な存在感にターシャの全身は反応し、首筋に手を押しあてられると膝から力が抜けていった。

離れるべきだとわかっているのに動けない。もう何も考えられず、ただチェイスのぬくもりにひたっていた。胸がはちきれそうに痛くて、キスしてもらえなかったら死んでしまいそうだ。彼の頸動脈《けいどうみやく》も脈打っている。ターシャはその部分にキスしたい衝動にかられ、目をそらすことができなくなった。

こらえきれず、そっと唇を触れると、頭の上で低くあえぐような声がした。体を押しつけ、彼が興奮しているのを感じて喜びに胸を震わせた。彼もわたしがほしいのだ。

チェイスは彼女を抱きすくめ、髪に手を差し入れて頭をのけぞらさせた。目が合い、ターシャはグレーの目の中に激しい葛藤《かっとう》を見た。そして彼がついに屈した瞬間をその目の表情で知った。チェイスの手が彼女の頬を包み、親指が唇をそっと撫《な》でた。

「ああ、ターシャ。きみがほしい!」うめくように言って、彼は唇を重ねた。

ターシャもくちづけにこたえた。今度こそ途中でやめないでほしい。今度こそわたしを愛し、それが二人の定めなのだということをわかってほしい……。

9

まるで業火の中に飛びこんだようなものだった。いったん燃えあがった炎はとどまるところを知らず、二人の心に狂おしい情熱をかきたてた。どちらももうあともどりはできなかった。

もつれあうように草の上に倒れこみ、裸になって互いの体をくまなく愛撫《あいぶ》しあう。そして久々にひとつになったとき、二人の吐息が甘くまじりあった。

チェイスは欲望をこらえ、しばしのあいだひたとターシャの目を見つめた。ターシャもあふれんばかりの愛を胸にじっと見つめかえした。やはり二人はこうなる運命なのだ。わたしたちはこうしているのが一番自然なのだ。

チェイスがゆっくりと動きはじめた。喜びはまたたく間にふくれあがり、はるかな高みへとターシャを突きあげていった。チェイスの動きは次第に激しくなり、間もなく快楽の波が二人を一気に押し流した。チェイスはうめき声をあげてターシャの上にくずおれ、ターシャは彼をしっかり抱きしめた。

二人の楽園に静寂が戻ってくると、ターシャはふと思った。いまのはどういうことなのだろう。チェイスは過去を忘れてやり直す気になってくれたのだろうか？　それとも単に欲望に負けただけで、また自己嫌悪に陥ってしまうのだろうか？

チェイスが身動きして頭をもたげ、一瞬ターシャと目を合わせてからすぐにそらした。「ごめん。重いだろう？」つぶやくように言って、ターシャの隣にごろりと寝ころがる。

ほんの一瞬だったけれど、ターシャは彼の目に悔恨の色がにじんでいたのを見逃さなかった。たちまち胸の中で希望が凍りついた。打撃が大きすぎて、もう立ち直れそうになかった。愛をかわしあってもなお彼の心を開かせることができないのなら、もうターシャにはどうすることもできない。

わたしは自分を欺いていたのだ。幻想にしがみついていたのだ。でも、ついに現実が見えた。彼の愛は死に絶え、いまのセックスも愛の代用品にすぎなかった。しかも彼は自分の欲望を憎んでいる。

ターシャは絶望的な気分で起きあがり、服を着はじめた。「もう帰りましょう」なかなかはまらないボタンに四苦八苦しながらしゃがれ声で言う。

チェイスも起きあがり、そっと言った。「とめてあげよう」

だが彼の手がボタンに伸びてくるより早く、ターシャはとびのくように体を引いた。「やめて！」

チェイスの手が宙で静止した。「どうして？　どうかしたのかい？」

「別に。ただ、いまはあなたにさわられたくないだけ」ターシャの声はくぐもっている。

チェイスの表情が険しくなった。「ぼくにさわられたくないのに、どうもしないって？　そんなはずはない！」荒々しく言って立ちあがり、ジーンズに足を入れる。

ターシャも立ちあがった。「なぜわたしを抱いたの、チェイス？」なじるように言うと、シャツを取ろうとしていたチェイスが動きをとめ、体を起こしてターシャを見た。

「なぜだと思う？」こわばった顔でききかえす。

ターシャは真実から身を守ろうとするようにウエストに両腕をまわした。「我慢できなかったからだわ」とがった声で言いながらも否定してくれるよう念じたが、チェイスは否定しなかった。

ターシャから離れ、ジーンズのポケットに両手を突っこむ。「そう、我慢できなかった。どうしても」

ターシャはたくましい背中から視線を引きはがした。彼を憎めたらどんなにいいだろう。「そしていまは悔やんでいるんだわ」断定的に言う。

チェイスがふりむいた。「悔やんでいることなら山ほどある。何から悔やんだらいいのかわからないぐらいだ」ターシャに完全に向き直って言葉をつぐ。「もうこんな調子ではやっていけないよ」

ターシャの心臓が縮みあがった。彼の目にたたえられた悲しみを見ると、胸がつぶれそうに痛み、涙がこみあげてきた。

「わかったわ。もうそれ以上言わないで」やっとの思いで言い、身を翻して小道のほうに走りだす。

「待て、ターシャ！」チェイスの声がしたが、構わず走りつづけた。もう何も聞きたくない。早く帰って傷をなめながら今後のことを考えたかった。

涙でぼやけた視界の中をひた走り、チェイスが名前を呼びながら追いかけてくるといっそうスピードをあげる。途中、木の根っこにつまずいてころんでしまっても、チェイスの声に追いたてられるように起きあがり、また全速力で駆けだした。

「ターシャ！　とまれ！　そっちじゃない！」その声があまり近づいていたので、ターシャはぎょっとしてふりかえった。とたんに勢いあまって後ろによろけ、一歩、二歩とたたらを踏んだが、三歩めには道が切れており、ターシャはチェイスが恐怖に顔をゆがめてこちらに手を伸ばすのを見ながら、後ろ向きに落ちていった。

「ターシャ！」下草におおわれた急斜面をころげ落ちるあいだにも彼の声が聞こえる。かたい地面にたたきつけられて転落がとまったときには、痛さのあまり声がもれた。

チェイスが這《は》いおりてくる音がして、葉っぱや土を降らせながらようやくそばまで来た。上半身は裸のままだ。そのあちこちにすり傷や切り傷ができており、顔は真っ青になっている。彼はターシャのほうに手を伸ばしかけ、はたと思いとどまった。その手が震えているところを見ると、へたにさわったらまずいのではないかと不安におののいているらしい。

「ああ、ターシャ！」彼は髪をかきむしった。「どこか折れてないかい？　痛いところは？」

体じゅうが痛かったが、骨折はしてないと思う。

「頭が痛むわ」ターシャはかすれ声で言った。ころげ落ちる途中で頭を打った記憶があり、気絶しなかったのが不思議なくらいだった。

チェイスは初めて聞く強い口調で低く悪態をついた。そっとターシャの頭に指先を触れ、腫《は》れているのを確かめると震える声で言う。「こぶができている。ほかのところも調べてみるから、痛かったら言ってくれ」そして腕や脚に手を這わせはじめた。

「どこも折れてはいないようだな。だが、すぐに医者にみせなくては。きみをひとりにしたくはないが、携帯電話を上に置いてきてしまったんだ」

ターシャはなんとかほほえんでみせた。「ひとりで大丈夫よ。もう逃げたりしないわ」

チェイスは一瞬動揺したものの、ターシャにならって励ますように微笑した。「すぐに戻ってくるよ」

「わかってるわ。あなたを信じてるもの」

その言葉に彼はますます青ざめ、何か言おうとしたが、結局首をふって立ちあがる。「数を数えてなさい。百数えるまでに戻ってくる」そう言って、斜面をよじのぼっていった。

六十まで数えたところでターシャは激痛に襲われた。息をあえがせながら頭を動かすと、こぶが何かにぶつかって急速に目の前が暗くなり、それっきりもう何もわからなくなった。

ターシャはぴくりと体を動かした。かすかだがまぎれもない、病院の匂《にお》いがする。意識が混濁して夢うつつのあいだをさまよっていたことは覚えていた。激痛に見舞われたことも覚えている。だが、その痛みはいまは消えていた。もう痛みも何もない、空っぽの気分だ。理由はわかっている。

赤ちゃんを亡くしてしまったのだ。

言われなくてもターシャにはわかる。おなかの中で息づいていた命が失われ、わたしはもう空っぽだ。残っているのは深い諦念《ていねん》だけ。わたしは赤ちゃんを産める運命ではなかったのだ。チェイスと結ばれる運命ではなかったように。これですべてが昔の状態に戻り、チェイスは自由になったのだ。

ターシャはのろのろと周囲を見まわした。どうやら夜になっているようだが、いつの夜だろう？　あれからどのくらい時間がたったの？　いや、そんなことはどうでもいい。もう何もかもがどうでもよかった。

窓際の椅子に座って眠りこけているチェイスに気

づくと、ターシャの目は釘《くぎ》づけになった。あまり寝心地がよさそうではなく、首を寝違えそうな姿勢だ。顎には無精ひげが伸びており、服装は子供の捜索に出た日と同じだ。つまり今日はまだ火曜日なのだ。

ターシャの視線を感じとったようにチェイスが目を開け、まばたきしてこちらを見た。椅子に座り直し、首をさする。

「ああ、この椅子はまるで拷問の責め具だよ!」ぶつぶつ言いながらもターシャの具合をおしはかるようにじっと顔を見る。

「帰って寝ればよかったのに」ターシャは抑揚のない声で言った。

「きみが目を覚ますまでそばを離れられなかったんだ」チェイスはそう言いながら近づいてきて、ベッドの端に腰かけた。

「わたしなら大丈夫よ。ただの打ち身ですもの」

チェイスは言葉を探してちょっと口ごもった。

「ターシャ……」言いかけてターシャの手を取る。

ターシャは無感動に手を預けていた。「いいの。赤ちゃんのことは聞かなくてもわかっているわ」感情のこもらない声で言うと、チェイスははっとしたように顔をあげた。その目が赤いのは泣いていたせいだろうか? まさか。わたしの考えすぎだ。

「ほんとうに残念だよ、ターシャ。生まれてくるのを楽しみにしていたのに」彼はかすれ声で言った。

ターシャは窓の外に視線を移した。「そうなの?」

チェイスは彼女の手を強い力で握りしめた。「そうさ! 楽しみでなかったわけがないだろう!」

「ごめんなさい。怒らせるつもりはなかったの」ターシャがうつろな声で言うと、彼は驚愕《きょうがく》の表情で彼女を見つめた。

「いったいどうしたんだ。きみだって楽しみにしていたのに、どうでもいいような言い方をして!」

ターシャは握られていた手を引っこめた。「これで面倒がなくなったわ」返事のかわりに言う。

チェイスは顔をしかめた。「面倒？」そうききかえして首をふる。「そんな言い方をするなんてきみらしくもない。きっとショックが大きすぎたんだな。医者に相談したほうがいいかもしれない」

ターシャは肩をすくめた。「あなたはもう帰って、チェイス。あなたまで体をこわしたらなんにもならないわ」

チェイスは勢いよく立ちあがった。「ぼくの心配なんかしなくていい！　崖《がけ》からころげ落ちたのはぼくではなくきみなんだ！　あのときは死んでしまうかと思ったよ！」

「でも、わたしは死ななかったわ。おなかの赤ちゃんは死なせてしまったけど、それも別に珍しいことではない。毎日何百人もの女性が経験しているわ」

「そういう女性たちがみんな、きみみたいに涙ひとつ見せずに平然としているのか？　え？　まるで天気の話でもするような口ぶりじゃないか！」

ターシャはひえびえとした目で彼を見た。「何をそんなに怒っているの？　このほうがよかったんだということがわからないの？」

チェイスは唖然《あぜん》とした。「よかった？　誰にとって？」

「もちろんあなたにとってよ。これであなたは自由なんだわ」

「自由？　いったい何を言ってるんだ？」必死に声を抑えて言う。

「また自由の身になって、ひとり気ままに生きていけるのよ」

チェイスはすぐには答えず、窓辺に行って外を見た。それからやおらターシャをふりかえる。「なるほどね。実に寛大なお言葉だ。で、きみは？」

ターシャは目をぱちくりさせた。「わたし？」

「きみはこれからどう生きていくつもりだ？」

「それはおいおい考えるわ。そんなことより、肝心なのはあなたがもう後悔しなくてすむということよ」

「ぼくが晴れて自由の身になればもう何も後悔しないと思うのかい？」彼はやんわりと尋ねた。

ターシャは吐息をついた。「ただ思うんじゃない、わたしにはわかっているのよ」

「ぼくがきみを愛してないと思っているのかい？」

「わたしを愛したくないのは事実でしょう？」淡々と言う。「あなたはわたしを愛したことを後悔しているのよ」

「だから逃げだしたのかい？　ぼくが赤ん坊のことも含め、すべてを後悔していると思ったから？」チェイスの声は言葉が喉に引っかかってうまく出てこないかのようだった。

ターシャはまたため息をつく。「あなたは責任感の強い男性だから、自分から縁を切ることはできなかったのよ」

「ぼくには自分がきちんと責任を果たしてきたとは思えないよ」チェイスはうんざりしたように言った。

「もういいの。いまとなっては何もかもがどうでもいいことだわ。もう帰って、チェイス。明日は裁判所に行かなくてはならないんでしょう？　少し体を休めなくちゃ。依頼人の期待にそむくわけにはいかないんだから」

チェイスは場違いな笑い声を響かせた。「だが、きみの期待にそむくのは構わないってわけか」

ターシャは顔をしかめた。「わたしの期待にもそむきはしなかったわ。一度たりとも」

「よしてくれよ、ターシャ！」チェイスはそうどなったが、なんとか怒りを抑えこんで言葉をついだ。「今日は時間がない。きみが言ったとおり、明日法廷に出なくてはならないんだ。まったく最悪のタイミングだよ。だが、できるだけ早く戻ってくる」

「いいのよ。気にしないで」

「よくはない。だが、今日のところは仕方がない。いま、うちの親がこっちに向かっている。彼らがきみの面倒をちゃんと見てくれるだろう。頼むから早まったことはしないと約束してくれ」

「わかったわ」ターシャにはまだ今後の見通しが立っていないが、決断を急ぐつもりはなかった。たったひとつの合理的な決断をのぞいては。

チェイスはターシャの言葉を信じていいものかどうか決めかねるようにじっと彼女を見つめた。「ぼくたちには話しあいが必要だ」

「話しあうことなんかあるかしら」

「たくさんあるさ。ああ、こんな状態のまま仕事に行かなくてはならないなんて」

「いいのよ。わたしのことは心配しないで」ターシャは早く彼に出ていってほしかった。「疲れたからもう寝るわ」そう言って目を閉じる。


だが、チェイスはすぐには出ていかなかった。ターシャが寝息をたてはじめるのを待ち、それからようやく医者を探しに行った。


次に目覚めたときには朝になっていた。全身がだるかったが、麻痺《まひ》したような無感覚の状態はまだマントのように心を包みこんでいる。起きあがってもめまいはしなかったので、ベッドを抜けだして洗面所に行った。鏡の中の顔を見ると、昨日の転落の跡が歴然と残っている。日がたてばそれらの跡は消えるだろうが、心の傷は永久に残るだろう。

どこか静かなところに行って、自分の将来を見つめ直さなくてはならない。今後の生活についていろいろ決めなければ。だが、ひとつだけすでに決まっていることがある。チェイスと別れることだ。

ターシャが病室に戻ると、すぐあとに医者が入ってきた。「おや、起きていたんですね。気分はいかがです？　めまいや頭痛は？」

「もう大丈夫です。いつ退院できるでしょうか？」

「早く退院したいのかな？」中年の医師は腕組みしてターシャをしげしげと見た。「ご主人がひどく心配なさってましたよ、ミセス・コールダー」

ターシャは枕《まくら》に頭を落とし、窓の外に目をやった。「ええ、だから心配する必要はないと言ってやりました」

その言葉に医師は眉を上げた。「ご主人は流産のショックが大きすぎたようだと言っておられたが、わたしもそんな気がしてきましたな」

ターシャはひるむことなく相手を見すえた。「わたしが泣かないからですか？」

医師は肩をすくめる。「泣くのがふつうでしょう」

「涙が出てこないんです。それって異常ですか？」

医師は居心地悪そうにもじもじした。「いや、そういうことは人それぞれですからね」

「だったら退院させてください。できるだけ早く」

医師は手にしたカルテを見下ろした。「まあ脳震盪《のうしんとう》も起こしてないし、もう一日ようすを見て異常がなかったら、明日の朝には退院できるでしょう」

「ありがとうございます」ターシャは医師を追い払うつもりでそう言った。医師にもそれがわかったらしく、やれやれとばかりに首をふりながら出ていった。

再びひとりになるとターシャは目を閉じた。明日には退院できる。とりあえず落ち着き先を決めなければ。

結局看護師から近くのリゾート地に関する情報を仕入れ、貸し別荘を予約した。あとは車と衣類を取りにコールダー夫妻の家に戻るだけだ。

しばらくしてエレイン・コールダーが来た。エレインに無言で抱きしめられると、崖から落ちて以来初めてターシャの胸に熱いものがこみあげた。

「かわいそうに、残念なことになってしまったわね」エレインはいたわるように言った。

「わたしの不注意だったんです」とターシャは声を震わせた。

「人生に事故はつきものよ。誰のせいでもないわ。悲しい事故だったけど赤ちゃんはまたできるわよ」

ターシャは目を伏せた。「そうですね」いまはそれ以外に返事のしようがない。

エレインは彼女の頬に優しく手を触れた。「つらいでしょうけど、早く元気にならなくちゃ」

ターシャは力なくほほえんだ。「お義母《かあ》さまにはいつもよくしていただいて」

「わたしも主人も、チェイスがあなたのような女性を射止められたのはほんとうに幸運だったと思っているのよ。それで、いつ退院できそう?」

エレインはそれから一時間ほどおしゃべりし、帰り際には明日迎えに来ると約束していった。

明くる朝、エレインとジョンが迎えに来たときにはもう身支度がすっかり整っていた。彼らの家に着くと、ターシャはかつてチェイスと二人で使わせてもらっていた寝室に行き、荷物をまとめて再び階下に下りていった。

玄関のそばにスーツケースを置いてから、義父母を探しに行く。二人は居間にいたが、ターシャは中には入らず戸口にたたずんだ。

「わたし、これで失礼します」静かに言うと、コールダー夫妻がびっくりしたようにふりむいた。

「うちに帰るの?」エレインの言葉にターシャはかぶりをふる。「それじゃどこに行くつもり?」

「それは言えません。チェイスに追いかけてきてほしくないんです」

コールダー夫妻はともに立ちあがった。「どういうことだね」チェイスの父親がことの重大さに気づいて言った。

ターシャは吐息をついた。「わたしたち、別れたほうがいいんです」

「自分だけ逃げてもなんにもならないよ、ターシャ。問題は二人で話しあって解決しなければ」

「わたしたちの問題は解決がつかないんです。最初にわたしが犯した過ちをたださないかぎりは」

エレインは心配そうに顔を曇らせた。「言ってることが支離滅裂よ、ターシャ」

「わたし、お二人に嘘《うそ》をついていました」ターシャは彼らの目をまっすぐに見た。「初めてお目にかかったとき、わたしはチェイスの婚約者のようなふりをしましたけど、実は違ったんです。ほんとうは一卵性双生児の妹が彼と婚約していたんです」

「まあ！」エレインがどさりと椅子に腰を下ろした。

「わたしはチェイスに恋をし、つい妹になりすましてしまいました。チェイスもわたしを好きになってくれたけど、でも、彼はわたしを妹だと思いこんでいたんです」

コールダー夫妻は黙りこくってターシャの言葉を反芻《はんすう》している。先に口を開いたのはジョンのほうだった。「チェイスはいつほんとうのことを知ったのかね？」

「ほんの一週間ほど前に」短く答える。

エレインが声をあげた。「まあ！」

「だからもうお別れしなくてはならないんです。いままでお世話になりました。チェイスにはもう何も悔やまなくていいんだと伝えてください。あなたは自由なんだと」ターシャはそう言うと玄関に向かった。そしてスーツケースを車のトランクに入れ、運転席に乗りこんだ。エンジンをかけて走りだしてからも一度もふりかえらなかった。

家の中ではジョン・コールダーが妻と意味ありげに目を見かわし、電話機に手を伸ばしていた。

10

数日後、ターシャは貸し別荘のベランダの手すりにもたれ、宵闇《よいやみ》の中に降りしきる雨を見ていた。川やその向こうの丘陵はほとんど闇にとけこんでいる。

彼女はもう何時間もそこにたたずんでいた。長くうつろな時間だった。まだ先のことは決めていない。一週間前にはチェイスの元から去ることが最大の課題だったが、いまはもうなんの目的もない。差しあたってすぐにしなければならないこともなかった。生きがいを失った人間に何を急ぐ必要があるだろう。

ターシャはまた闇に視線をさまよわせた。日が照っていれば美しい風景が眺められるのだろうが、コールダー夫妻の家を出てきてからずっと雨が続いている。そろそろ夕食の時間だが食欲はない。もう何も感じなくなっているのだ。夜風の冷たさ以外は。

ターシャは小さく身震いした。

「寒いのかい、ターシャ?」その声で視線をめぐらすと、ベランダの端にチェイスが立っていた。

革のジャケットにジーンズにブーツというでたちで、濡《ぬ》れた髪をかきあげている。

「今日は法廷じゃなかったの?」ターシャは無感動に言った。この時間に現れたということは、昼のうちに出発にしたに違いない。

チェイスは一歩前に踏みだした。「親父《おやじ》から電話があった時点で、訴訟手続きは延期した」

そしてわたしを探し、おそらくは看護師の線から居所を突きとめたのだ。別に口どめはしなかったから、探しあてるのは造作もなかっただろう。でも、いったい何をしに来たの? せっかく自分から姿を消してあげたのに。せっかく自由をあげたのに。

「車の音が聞こえなかったわ」ターシャは彼の顔を見つめてぽつりと言いながら、いまの自分の気持を冷静に検討した。チェイスへの愛はいまも変わらない。でも、彼と暮らすことはできないのだ。その考えにも変わりはなかった。

「車は事務所に置いてきたんだ。もうきみに逃げるチャンスを与えたくなかったからね」チェイスがターシャをじっと見つめて言った。

「わたしを追いかけてきたの？」

「ぼくがあのまま放っておくと本気で思っていたのかい？」チェイスはひややかに言ってさらに距離をつめた。室内の明かりがあたっているところまで来ると、目の下にくまができているのがわかった。

「来なくてよかったのに。そのほうがあなたにとって楽だったはずよ」ターシャはそっけなく言った。「そんなにげっそりした顔をして」

チェイスは手すりに寄りかかった。「心配してくれるのはありがたいが、なぜきみを追わずにいたほうが楽だなんて思うんだ？」

ターシャは眉をひそめる。チェイスったらそんなこともわからないの？「そんなの決まってるわ。あなたはわたしから自由になりたいのよ。自分でも自覚しているはずよ」

「だとしたら、ぼくはなぜきみに早まったことをしないと約束させたんだ？」

ターシャはため息をついた。こんな話をしてなんの意味があるのだろう。「わたしが流産したのを自分の責任のように感じているからだわ」

「実際ぼくに責任があるんだ」

ターシャはかぶりをふった。「駆けだして崖《がけ》から落ちたのはわたしよ」

「だが、その原因を作ったのはぼくだ」チェイスはターシャを見つめてやんわりと言った。「そうだろう？」

ターシャは肩をすくめた。「そんなことはもうどうだっていいわ。赤ちゃんは亡くなり、あなたは自由になったのよ」もともと始めるべきでなかったことに、ようやく終止符が打たれたのだ。

チェイスは彼女の冷淡な態度にかちんときたらしく、いきなり近づいてきて肩をつかんだ。「もうたくさんだ！　ぼくがきみから自由になれるはずはないんだよ、ターシャ。だいいち自由になりたいとも思わない！」グレーの目にはさまざまな感情が入り乱れている。

だが、ターシャは彼の激した口調にも動じなかった。彼女の心にはもう何も届かないのだ。ただチェイスの罪悪感を軽くしてやりたいだけだった。「いいのよ。本気じゃないのはわかってるんだから」

「本気だとも！　生まれてこのかた、これほど真剣になったことはない！」チェイスは彼女の肩を強くつかんで力説したが、ターシャはただ見つめかえすばかりだ。「信じてくれよ、ターシャ！」

ターシャの口元に悲しげな笑みがきざまれた。

「わたしのことは心配しなくていいのよ、チェイス。わたしは大丈夫。もう何も後悔してないわ」

チェイスはぎゅっと目を閉じた。「また後悔か！　ぼくは後悔することばかりだよ！」再び目を開け、痛々しいほど苦しげなまなざしで手を離す。

「人間は自分の気持を自分でどうこうすることなどできないのよ。それは誰でも同じだわ」

チェイスは何か強い口調で言いかえそうとしたが、自分を抑えて辛抱強く言った。「そういう意味じゃないんだ。きみが考えているような意味とは違うんだよ」

ターシャは肩をすくめた。「わたしは何も考えてないわ」

「それじゃいま考えろ！」そうどなってからチェイスはわれに返った。「ごめん」ぶっきらぼうに謝る。

「いいのよ」

あまりの手ごたえのなさに、彼は天の助けを乞《こ》うように空をあおいだ。「いや、よくないよ。ぼくの話を聞いてほしいんだ」

「ちゃんと聞こえてるわ」

「頭でなくハートで聞いてほしいんだよ、ぼくの釈明を」疲れたような声音だ。

ターシャは釈明など聞きたくなかった。彼がなんと言い訳しようが気持は変わらない。だが、チェイスの憔悴《しょうすい》しきった顔を見ると、さっさとけりをつけたくなった。「わかったわ、聞くわ。中に入りましょう」冷たい風に身震いし、先に立って室内に入る。

内部はこざっぱりとして、入ったところが居間とキッチンになっていた。暖炉の前に手製の敷物が敷かれ、古いカウチと椅子が二脚置かれている。

ターシャはチェイスを見て言った。「あなた、ずぶ濡れじゃないの。火をおこしたほうがいいわ。わたしは飲み物を作るから」

二つのマグにコーヒーをついでブランデーをたらしたときには、暖炉で薪《まき》が燃えており、チェイスはその前に座って両手を火にかざしていた。

「どうぞ」ターシャがマグを差しだすと、彼は立ちあがって受けとった。

「ありがとう」チェイスはターシャがカウチの隅に座るのを目で追った。

ターシャは無言でコーヒーをすったあと、ようやく彼を見あげた。「話を聞くわ」

チェイスは長いこと自分のマグをじっとのぞきこんでいたが、やがて重い吐息をついて切りだした。

「森で愛しあったあのあと、きみに悔やんでいるかときかれ、ぼくは悔やんでいることなら山ほどあると答えた。だが、きみを抱いたことを悔やんでいたわけではないんだ。だからきみが誤解したらしいと気づいたときには、そう説明しようとした。なのにきみは聞く耳を持たず、一目散に逃げだした。しかも道を間違えて。あのときはぞっとしたよ。血も凍る思いだった」チェイスはぶるっと体を震わせ、青ざめた頬に手をやった。「案の定、きみは斜面をころげ落ち、ぼくは恐怖のあまり気がおかしくなりそうだった。だが、それでもきみは生きており、ぼくが携帯電話を取りに行くときには、ぼくを信じていると言ってくれた」うつろな目でターシャを見る。「あのとき初めて自分の仕打ちに気づいたんだ。自分がいかにきみを苦しめてきたかに」

ターシャは眉間《みけん》に皺《しわ》を寄せてマグを見下ろした。彼は間違っている。彼がわたしを苦しめたのではない。嘘《うそ》をついてだましたのはわたしのほうなのだ。「それは違うわ。そんなことを言ってはだめよ」初めて声がかすかに震えた。

チェイスはその震えを聞き逃さず、彼女が垣間見せた感情の揺らぎに胸が熱くなるのを感じた。「違わないよ。ぼくは自分のハートよりも愚かなプライドを重んじて、きみを苦しめてきたんだ」

ターシャは顔を上げ、ブルーの目で探るように彼を見た。「いったい何が言いたいの？　意味がわからないわ」不安げな口調だ。

「きみにだまされていたと知ったとき、ぼくは腹が立った」チェイスの言葉でいまわしい記憶がよみがえり、ターシャはぞくっとした。あれは生涯最悪の日だった。

「ええ、あなたはかんかんだった」苦痛に満ちた記憶がいやおうなくうかびあがってきて、麻痺《まひ》していた感覚が不意に鋭くとぎすまされた。もうこんな話は聞きたくない。そう言いたいのに言葉は喉元で引っかかっている。

チェイスも彼女の表情を見てつらくなってきたが、途中でやめるわけにはいかなかった。「いまはあのときのきみがどんな気持でいたか想像がつく。だが、あの時点ではきみに裏切られたという思いで頭がいっぱいだったんだ」

体が小きざみに震えだし、ターシャはマグを置いてわが身をしっかり抱きしめた。「何度も打ちあけようと思ったんだけど、こわくて言えなかったの」しぼりだすように言うと、チェイスがうなずいた。

「そしてぼくは、きみが恐れていたとおりの反応を示したわけだ」自嘲《じちょう》するように言う。

震えが激しくなり、ターシャはそれを抑えるのに必死になった。「あなたには怒る権利があったわ」

「きみにはぼくの理解を期待する権利があった。ぼくがずっときみを愛していたことを思えば、あんなのはささいなことだったんだから」

ターシャは思わず目をつぶった。

「愛しているんだ、ターシャ」

ターシャの心を外界の刺激から守っていた繭がその言葉で突き破られ、中に閉じこめられていた痛みが噴きだした。ターシャは身を二つに折って、苦悶《くもん》のうめきをもらした。この一週間封印されていた感情が一気に胸にほとばしる。

「でも、わたしを愛するのは、不本意なんでしょう?」

チェイスはマグを暖炉の上の棚に置き、彼女の前にひざまずいた。「ぼくの目を見て、ターシャ」

ターシャは苦しげな顔で声をふりしぼった。「嘘はやめて!」

「嘘じゃない。信じてくれ。確かにきみへの愛を不本意と感じていたこともあったが、愛しつづけていたのは事実なんだ。ただそれをきみに知られたくなかっただけなんだよ」

彼の目を見ると、そこには自己嫌悪の色がありありとうかんでいる。ターシャはショックを受け、目をしばたたいた。彼がわたしを愛せないのは信頼できないからだと思っていたのに、ほんとうはずっとわたしを愛していて、ただそれをわたしに知られたくなかっただけなんて！

怒りが胸に突きあげてきて、ターシャは拳《こぶし》で彼の肩をたたいた。「ひどいわ、チェイス！　いったいなぜなの？」

チェイスは腿の上で手を握りしめた。ターシャが怒るのは当然だった。「きみを罰したかったんだ。きみを失いそうになって、初めて自分の心理に気がついたんだよ。病院できみに付き添っていたとき、いろいろ考えた末に見えてきたんだ」

「何が見えてきたというの？」ターシャは怒りと痛みで胸が破裂しそうだった。

チェイスはすべてを正直に話そうと、顔をこわばらせていた。「妻に深く愛されているという現実にあぐらをかき、捨てられる恐れがないのをいいことに、愛を告げずにすませてきた男の姿だよ。ぼくは一方の手できみの愛をはねつけながら、もう一方の手ではきみをつかんで放さなかったんだ」

ターシャはカウチにもたれかかり、茫然《ぼうぜん》と彼を見すえた。彼が告白している内容じたいは決してほめられたものではないが、それを打ちあけるのにどれほど勇気がいったかと思うと、怒りは少しずつ引いていき、心がざわざわと波立った。そして長い眠りから覚めた人のように、突然彼女は理解した。

チェイスがここまで自分をさらけだしたのはわたしに知る権利があるからばかりでなく、わたしを無気力で無感動な状態から引きずりだすためだったのだ。この告白が裏目に出てわたしをますます遠ざける結果になりかねないことは重々承知のうえで、あえて打ちあけてくれたのだ。わたしのために。

「それは……よく話してくださったわ」ターシャはかすれ声で言いながら、正気の人間同士がなぜ互いにこんなことをやってきたのだろう、と心につぶやいた。

「きみに聞いてもらわなければならなかったんだ」

ターシャは重いため息をついた。「話がすんだところで、次はわたしにどうしろっていうの？」疲労のにじんだ声で尋ねると、チェイスは珍しく不安げな顔をした。

「ぼくを許してほしいんだ。許しがたいのはわかっている。自分のしたことを心底恥じているよ。だが、どうにか許してもらいたいんだ」

ターシャは痛みの余波が残るあやうい声で笑った。

「あまり多くは望まないのね？」

「許してくれというのは虫がよすぎる？」

「わからない」ターシャは目をうるませた。「いままでがあまりにつらすぎたから……。わたしのしたことは間違っていたけど、でも、その動機はあなたへの愛だった。だけど、あなたがしたことは……」

「言わなくていいよ」チェイスがさえぎった。「ぼくのしたことが結果的に赤ん坊を死なせてしまったんだ。自分で自分が許せない！」つと立ちあがり、窓辺に行く。その背中はかわいそうなほどこわばっていた。「ぼくにはもう自分がわからないよ。どうしてあんなに残酷になれたんだろう。いまさら許してくれなんて言えるわけがないな。ぼくたちの赤ん坊を殺してしまったんだから！」

ターシャはぎょっとした。流産したのはチェイスのせいではないのに、彼は罪悪感に打ちひしがれてがっくり肩を落としている。ターシャの胸にも悲しみがこみあげてきたが、彼ひとりに罪を負わせるわけにはいかなかった。二人ともそれぞれ過ちを犯してしまったけれど、お互い生身の人間なのだ。過ちは許しあわなくては。

「チェイス」ターシャは涙声で呼びかけた。うつむいていたチェイスは頭をもたげたが、ふりむこうとはしない。「あなたを許すわ」

「どうして許せるんだい？」

「愛しているからよ」ターシャが声をつまらせて言うと、彼はようやくふりかえってグレーの目に光る涙を見せた。

ターシャは立ちあがってそばに行き、彼のウエストに両腕をまわした。

「あなたのせいじゃないわ。わたしたち二人とも間違ったことをしてしまったのよ。赤ちゃんは……きっとああなる運命だったの」いままでこぼすことのできなかった涙がとうとう目からあふれだした。

チェイスも低くうめきながらターシャを抱きしめ、ターシャはすべての苦しみと悲しみを涙に変えて自分の内から解き放った。

長い時間が過ぎ、ようやく室内に静寂が戻ると、ターシャはチェイスの腕の中で不思議に気持がやすらぐのを感じた。彼のほうも泣くことによって心の痛みがやわらいだと思いたい。

頭の上でチェイスが吐息をついた。「この世にあれほどつらいことがあるとは思わなかったよ。きみを失いそうになったうえ、赤ん坊を現実に失ってしまったんだ。あの晩はきみが寝ているベッドのそばで、子供のころに返ったみたいに号泣してしまったよ。プライドゆえにすべてをなくしてしまったんだとね」

ターシャは涙で湿った彼のシャツに顔をこすりつけた。「過ぎたことを悔やんでも始まらないわ。お互い過ちは許しあいましょう」

チェイスは彼女の顔を見下ろした。「そんなに簡単にいくかな？」

ターシャは彼の視線をしっかり受けとめた。「あなたと争いたくないのよ。争うよりも、愛しあいたいわ」

「それはぼくだって」

「それなら……ね？」かすれ声で彼を促す。

チェイスの顔にためらいがちに笑みが広がった。

「いま？　ここで？」

ターシャもほほえみかえす。「いま、ここ以上にいい時と場所がある？」ともに傷つき、ともに泣いたのだ。次は愛しあうことによって傷を癒《いや》さなければ。

チェイスは彼女の顔を両手にはさみ、涙の跡が残る頬を親指でそっとなぞった。「ほんとうにいいのかい？　もうこれ以上きみを傷つけたくないよ」

ターシャは首をひねって彼の手のひらにキスした。

「わたしを愛してる？」

「人生そのものよりも愛している」

ターシャの目がきらめいた。「だったら、あなたにはわたしを故意に傷つけることなど決してできないわ。それがわかるからこそわたしもあなたを愛しているのよ。初めて会った瞬間から、あなたはわたしの命だった。二人でまた幸せになりたいわ」

「きっとなれる。必ず幸せにするよ」チェイスはターシャの唇にキスをした。「おいで」手を取って優しく言う。

二人は暖炉の前に横たわり、ゆっくりと丹念に愛しあった。情熱を燃えあがらせるのはあとでいい。いまはただ互いの愛の深さを確かめたかった。ターシャにとってそれはつらい記憶を洗い流し、新しい思い出を作る再生の儀式だった。互いの傷つきやすさを知ったいま、再び信頼の絆《きずな》を結びあい、愛はやがてかつてないほどの深まりを示して二人を熱く包みこんだ。

それからかなりの時間がたち、ターシャは後ろからチェイスに抱かれながら徐々に弱まっていく暖炉の火を見ていた。

「そういえば避妊しなかったね」

チェイスの言葉にターシャはため息をもらした。

「ええ、すっかり忘れていたわ」

チェイスは彼女の腹部に手をあて、肩から首筋にと唇を這《は》わせた。「忘れていなかったらちゃんと避妊したかい？」

ターシャは彼の指に指をからみあわせた。「いいえ。子供はたくさんほしいわ」自分が家庭に恵まれなかった分、わが子は大家族の中で育てたい。

チェイスは彼女の頭の上に顎をのせた。「よかった。実はきみにまだ話してないことがあるんだ」

「あら、なあに？」

「うちの家系も双子が多いんだ」

「え？　ほんとうに？」ターシャはびっくりした。

「うん。親父も双子だしね。片割れのほうは数年前に亡くなったけど。それにきみがまだ会ってない、双子の従弟《いとこ》もいる。いま二人で海外を放浪してるんだ」

「一卵性？」

「そう。瓜《うり》二つだよ」

ターシャは少しのあいだ暖炉の火をじっと見つめた。「仲がいいんでしょうね」

「ものすごくね」

ターシャはうらやましそうにほほえんだ。「いいわね」

チェイスが頭をもたげ、彼女を見た。「きみたちは仲が悪かったのかい？」

「前にうまくいってないと言ったでしょう？　ナットは昔からわたしを邪魔なライバルと見ていたの。独占欲の強い子だったから」

「それはつらかったろうね」チェイスはいたわるように言った。「ぼくが結婚したのが彼女のほうでなくてよかったよ」

その話になるとターシャはまだたじろいでしまう。「わたしにだまされて結婚したのだとしても？」

「いま考えると、きみがぼくと結婚するためにそこまでしたなんてかえって自尊心をくすぐられるよ」

ターシャの胸に安堵《あんど》感が広がった。「それじゃ虚偽の申し立てを許してくれるの、弁護士さん？」

「きみが相手ならね。ぼくをベッドに連れこむためなら、いつだって虚偽の申し立てをしてくれて構わないよ」

ターシャは首をひねり、笑みのうかんだチェイスの顔を見た。「それじゃわたしは無罪？」

チェイスの顔がますますほころんだ。「あいにくきみは終身刑に処されるんだ。死ぬまでぼくのそばを離れないようにね」

「それなら罪を認めるしかなさそうね」

「なんの罪だい？」

ターシャは彼の唇に唇を触れあわせた。「あなたを愛しすぎた罪よ」

11

最高級のシャンペンを口に含み、ターシャは満足げにため息をついた。まばゆい太陽のもと、今日は彼女の大事な人たちがこの庭に集まっており、すべてが完璧《かんぺき》に揃《そろ》っていた。

いや、欠けているものもあるかもしれない？　もう一度客たちのほうに目をやると、やはりチェイスの姿はなかった。いったいどこに行ったのかとターシャは眉をひそめた。まさかこんな日に書斎にこもってしまうはずはないし。

ターシャはグラスを置き、彼を探しに行こうと芝生を横切りはじめた。

「さっきの洗礼式、うまくいったわね」エレインに声をかけられ、笑顔で立ちどまる。

「ええ。おかげさまで。子供たちが大泣きするんじゃないかと心配だったんですけど」

「まさか。二人ともおとなしい、いい子だわ。チェイスも誇らしげな顔をしていたわ」義母は目に涙をきらめかせた。

ターシャも思い出してじんとなった。「彼はあの子たちを愛しているんです」そう答えた瞬間、夫のいそうな場所を思いついた。エレインに断りを言って家の中に入る。

まっすぐ子供部屋に行きながら戸口で立ちどまったのは、室内の光景に胸をつかれたからだった。

思ったとおりチェイスはそこにいた。二つのベビーベッドに手をかけ、息子たちの寝顔を見つめている。左側のニコラスは小さな寝息をたてているが、右側のマシューは息をしてないのではないかと思われるほど静かだ。

これがわたしの家族、わたしにとって何よりもたいせつな宝物だ。さっき洗礼を受けたばかりの双子の息子とチェイス……。わずか一年ほど前にチェイスとの結婚生活が崩壊の危機に瀕《ひん》していたなんて、いまでは信じられない気がする。

「きっとここだと思ったわ」ターシャは近づいていって優しく言った。チェイスに肩を抱かれ、彼女も息子たちを見下ろす。

「なかなかそばを離れられなくてね」チェイスは言った。「この子たち、ぼくらにどれほど愛されているかわかっているのかな？」

「いまはわからなくても……じきにわかるようになるわ。あなたったら、べたべたに甘いんですもの」

「だが、もう少し大きくなったら、きっと何かと手を焼かされるんだろうな」とチェイスは笑った。

ターシャもにっこりした。「二人でこっそり入れ替わって、わたしたちをだまそうとするでしょうね」彼女も一年ほど前には同じことをしたのだけれど、もうチェイスに対する罪悪感はない。いまの二人は堅固な絆《きずな》で結ばれている。

「でも、親であるぼくたちにはどっちがどっちかちゃんと見わけられるだろうよ」チェイスがターシャを両手で抱いてほほえんだ。

ターシャは彼の首に顔をすりつけた。「でも、どこで見わけるのかは黙っていましょうね」

「見わけ方を知られなければ、いつまでもこっちが優位に立っていられるしね」

ターシャはこぼれんばかりの笑顔になった。「それって意地悪だけど楽しそうね」

「そう言うと思った。きれいな顔に似あわず、きみにはいたずらっ子みたいなところがあるからね」

「でも、そんなわたしをあなたは愛してる」

「きみなしの人生は想像できないほどにね。息子たちを産んでくれてありがとう」

「どういたしまして」

チェイスは双子のほうをちらりと見た。「ぼくがママにキスしたら、この子たちはいやがるかな?」

「さあ。でも、キスしなかったら、わたしがいやがるわよ」

二人は愛情のこもった目で見つめあった。

「そういうことなら、さあ、おいで」チェイスに抱きよせられ、ターシャは熱っぽくくちづけにこたえた。彼の腕の中はとうとう見つけだしたささやかな楽園だった。

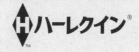

ハーレクイン・イマージュ　1998年5月刊（I-1147）

あなたが気づくまで
2024年6月5日発行

著　　者	アマンダ・ブラウニング
訳　　者	霜月　桂（しもつき　けい）
発 行 人	鈴木幸辰
発 行 所	株式会社ハーパーコリンズ・ジャパン 東京都千代田区大手町 1-5-1 電話 04-2951-2000（注文） 0570-008091（読者サービス係）
印刷・製本	大日本印刷株式会社 東京都新宿区市谷加賀町 1-1-1
装 丁 者	sannomiya design
表紙写真	© Eaniton, Dusit Chomdao, Ventura69, Olgagillmeister ❘ Dreamstime.com

ISBN978-4-596-77672-3 C0297

ハーレクイン・シリーズ 6月5日刊 発売中

ハーレクイン・ロマンス
愛の激しさを知る

秘書が薬指についた嘘	マヤ・ブレイク／雪美月志音 訳	R-3877
名もなきシンデレラの秘密《純潔のシンデレラ》	ケイトリン・クルーズ／児玉みずうみ 訳	R-3878
伯爵家の秘密《伝説の名作選》	ミシェル・リード／有沢瞳子 訳	R-3879
身代わり花嫁のため息《伝説の名作選》	メイシー・イエーツ／小河紅美 訳	R-3880

ハーレクイン・イマージュ
ピュアな思いに満たされる

捨てられた妻は記憶を失い	クリスティン・リマー／川合りりこ 訳	I-2805
秘密の愛し子と永遠の約束《至福の名作選》	スーザン・メイアー／飛川あゆみ 訳	I-2806

ハーレクイン・マスターピース
世界に愛された作家たち
～永久不滅の銘作コレクション～

純愛の城《特選ペニー・ジョーダン》	ペニー・ジョーダン／霜月　桂 訳	MP-95

ハーレクイン・ヒストリカル・スペシャル
華やかなりし時代へ誘う

悪役公爵より愛をこめて	クリスティン・メリル／富永佐知子 訳	PHS-328
愛を守る者	スザーン・バークレー／平江まゆみ 訳	PHS-329

ハーレクイン・プレゼンツ作家シリーズ別冊
魅惑のテーマが光る
極上セレクション

あなたが気づくまで	アマンダ・ブラウニング／霜月　桂 訳	PB-386

※予告なく発売日・刊行タイトルが変更になる場合がございます。ご了承ください。

5月刊 好評発売中！

Harlequin 45th Anniversary

“ハーレクイン”の話題の文庫
毎月4点刊行、お手ごろ文庫！

作家イメージカラー入りの美麗装丁♥

『白いページ』
キャロル・モーティマー

事故で記憶の一部を失ったベルベット。その身に宿していた赤ん坊をひとりで育てていたある日、彼女の恋人だったという美貌の実業家ジェラードが現れる。

（新書 初版：R-326）

『蝶になるとき』
ダイアナ・ハミルトン

イタリア屈指の大富豪アンドレアに片想いしている、住みこみの家政婦マーシー。垢抜けず冴えない容姿をアンドレアに指摘され、美しく変身しようと決意する！

（新書 初版：R-2155）

『やすらぎ』
アン・ハンプソン

事故が原因で深い傷を負い、子供が産めなくなったゲイルは、魅惑の富豪にプロポーズされる。子供の母親役が必要だと言われて、愛のない結婚に甘んじるが…。

（新書 初版：I-50）

『愛に震えて』
ヘレン・ビアンチン

10代のころから、血のつながらない義兄ディミートリに恋をしているリーアン。余命わずかな母を安心させるために、義兄から偽装結婚を申し込まれ、驚愕する。

（新書 初版：R-1318）

※ハーレクインSP文庫は文庫コーナーでお求めください。